KILOMÈTRE 24

Photographie de couverture : I.L.C.
Mise en page : Compavi

VÉRONIQUE BRÉGER

KILOMÈTRE 24

Illustrations de l'auteure

KTM éditions

20, rue Saint-Nicolas - 75012 Paris
ISBN 2-913066-22-4

Pour Evridiki, Gouny, Steph, Véro,
amies d'ailleurs, amies d'ici.

« Et comment jamais retrouver
L'identique extase farouche,
T'oublier, revivre et rêver
Comme j'ai rêvé sur ta bouche ? »

Renée Vivien

Prologue

Camille se réveilla en sursaut. Elle regarda autour d'elle et constata comme une évidence que rien ne s'était passé depuis qu'elle avait fermé les yeux. Il faisait toujours nuit, une nuit sombre et froide, emplie de la fumée des gaz d'échappement des centaines de voitures échouées dans le large espace de la gare du péage de St Arnould, A10, kilomètre 24.

Aller retour

Elle était partie quelques heures plus tôt en direction de Paris. Sur l'autoroute, les retours de vacances scolaires. Déjà. Lundi, il en serait fini de la tranquillité sur le périphérique. Elle se concentra sur sa conduite, tout en écoutant distraitement les informations routières distillées par *Autoroute FM.* Elle n'était pas seule sur le ruban d'asphalte, il lui faudrait plus de temps que d'habitude pour atteindre la capitale. Elle se remémora les derniers événements de la journée et bascula l'autoradio sur le lecteur de CD. Elle n'aurait jamais dû être sur la route aujourd'hui, mais des événements familiaux en avaient décidé autrement.

Elle se revoyait dans la petite église du village à regarder sans le discerner le défilé de la famille, des amis, voisins et inconnus, devant le cercueil couvert d'un drapé mauve sur lequel une longue croix rouge était dessinée. L'intérieur de la chapelle était froid, malgré le nombre important de personnes venues rendre un dernier hommage à la défunte. Une gerbe de roses rouges, mélangées à de grosses fleurs jaunes dont elle n'avait pas retenu le nom, était posée sur le cercueil. Elle pensa que le bouquet coloré ne résisterait pas à la température du cimetière. Elle aussi était passée devant le cercueil pour esquisser un signe de croix avec le machin que l'on trempe dans l'eau bénite. Elle avait dû se tromper dans le sens, mélangeant le Fils, le Saint-Esprit et le Père, mais à ses yeux cela n'avait guère d'importance. Ce qui comptait finalement, ce n'était pas d'être là aujourd'hui, mais plutôt d'avoir été présente avant. La messe ne lui avait pas paru trop longue, peut-être un peu impersonnelle, mais les prêtres étaient, de nos jours, eux aussi, des itinérants avec plusieurs paroisses, et ne pouvaient pas connaître tous les habitants de la région. La file s'étirait, silencieuse, entre les bancs de bois, régulée par un jeune homme des pompes funèbres en veste verte. Elle avait attendu sans impatience que tout soit terminé, en égrenant des souvenirs joyeux de petite fille et en pensant à divers conseils pour la prochaine vie de l'âme de la disparue, qui ne devait rien manquer du spectacle en cours. Puis les hommes en vestes vertes avaient emporté le cercueil, direction le cimetière, via le corbillard. Il y avait eu auparavant un fou rire avorté — on ne rit pas dans une église, encore moins le jour d'un enterrement — lorsque son père avait mis un jeton de caddie à la place d'une pièce de monnaie dans la corbeille destinée au curé. Une ultime boutade à l'adresse de la morte qui avait dû apprécier elle aussi, c'était certain, la dernière bêtise de son fils. La foule était compacte sur le parvis, il y avait des conversations, des larmes, des silences, des mines de circonstance. Elle avait dit bonjour, serré des mains, embrassé des joues. Elle était regardée, scrutée, observée. Dans ce village du fond de la France, comme dans beaucoup d'autres, on pratiquait une certaine forme de voyeurisme, innocent, mais bien réel. Elle connaissait sa province, aussi, elle avait fait attention à ne pas trop sourire à la vue de personnes amies. Camille savait qu'elle n'était pas en deuil, les autres ne l'auraient pas compris. Elle avait dit au revoir à sa grand-mère à sa manière, sans témoins ni conformisme, en lui souhaitant bonne chance pour la suite. Un corps sans vie dans un cercueil posé au fond d'un caveau ne représentait rien pour elle.

Le vent glacé soufflait en courtes rafales sur les hauteurs du petit cimetière. Les fleurs ne passeraient pas la nuit. Elle avait quitté la campagne au pale soleil après avoir embrassé ses parents, revu un cousin éloigné au yeux bleus, et appris qu'il avait neigé sur Paris.

Km 153 à km 27

Le ciel était dégagé, seul le sol humide trahissait le passage récent de la pluie. L'autoroute se chargeait de véhicules, lentement, mais sûrement. Camille décida de faire une pause à la prochaine station-service, afin de remplir le réservoir de sa voiture, et de vider sa vessie. Comme prévu, la file d'attente aux pompes était conséquente. Elle décida de se mettre en mode *zen* pour affronter tout ce qu'elle détestait. Celui qui veut passer devant, parce qu'il est le plus malin. Celui qui n'arrive pas enlever son bouchon de réservoir. Celui qui attend deux jours pour prendre le pistolet et commencer à se servir. Celui qui n'arrive pas à refermer son bouchon de réservoir. Celui qui cherche sa carte bancaire. Celui qui nettoie son pare-brise tranquillement, en ignorant ceux qui attendent la place. « Des *celui-qui,* il y en a encore beaucoup aujourd'hui », songea Camille en poussant le bouton du mode *zen* au maximum. En plus, ils étaient tous devant elle. Quelques dizaines de minutes plus tard, elle réussit à trouver une place de parking entre un monospace bondé de gamins turbulents, et une vieille 4L où deux babas cool dormaient la bouche ouverte. L'accès aux toilettes des dames ressemblait à celui des pompes à essence, mais là, les *celle-qui* avaient remplacé les *celui-qui.* Camille soupira impuissante, sentant l'agacement gagner sur le *zen.* Elle parvint non sans mal à surmonter l'épreuve agrémentée de l'odeur imprégnant les lieux, et se retrouva, un peu plus tard, soulagée dans tous les sens du terme, devant le rayon de la biscuiterie. Elle avait mangé correctement au déjeuner, mais elle pensa qu'un paquet de Pépito serait une source de réconfort en cas d'embouteillage. Et pour enlever le mélange chocolat/biscuit qui colle aux dents, rien de tel qu'une grande bouteille d'eau. Elle dut une nouvelle fois se caser dans une file d'attente, afin de régler l'addition de ses maigres achats. Coincée entre un ado boutonneux qui faisait des bulles plus grosses que sa tête avec son chewing-gum, et une ménagère de moins de cinquante ans qui feuilletait un magasine people, elle patientait tant bien que mal en se raisonnant sur les bienfaits de la société de consommation. Ses yeux accrochèrent la couverture d'un ouvrage abandonné au milieu des bonbons et des porte-clefs. Un jeu de cartes y était représenté, formant un rond, un point d'interrogation planté en son milieu. Le titre évoquait les tarots dans l'histoire, et le chemin de vie. La caisse enregistreuse avertit l'assemblée que son rouleau de papier venait d'arriver à son terme. Camille soupira. Elle paria une boîte de tic-tac menthe forte que la caissière allait mettre deux heures pour en mettre un nouveau, et elle gagna sa mise.

— Qu'est-ce qu'ils diraient les tarots dans pareille situation ? bougonna-t-elle en avalant une dragée blanche.

Le jour commençait à décliner lorsqu'elle reprit la route. Elle passa les abords d'Orléans sans difficulté. La jonction A72/A10 marqua le début des ralentissements. Les flashs-info, diffusés chaque quart d'heure, venaient interrompre ses morceaux de musique préférés et annoncer invariablement que la circulation se chargeait en direction de Paris, compte tenu du nombre croissant d'automobilistes souhaitant rejoindre la capitale, et des conditions météorologiques. Il avait abondamment neigé, ces dernières heures, sur la région Parisienne. Elle devrait prendre son mal en patience. De toute façon, personne ne l'attendait. Elle se concentra sur sa conduite, sans pour autant pouvoir empêcher son esprit de dériver vers des pensées autres que celles concernant le passage de la troisième à la seconde, sans oublier de débrayer. Les arrêts étaient de plus en plus fréquents, et au bout d'une dizaine de minutes, elle dut se rendre à l'évidence : elle avait rétrogradé de seconde à première et la troisième ne lui était plus d'aucune utilité. L'horloge digitale affichait 22 h 30. « À ce rythme, songea-t-elle, je suis bonne pour ne pas être rentrée avant deux ou trois heures du matin. Pour un samedi soir, ce pourrait presque être un horaire de retour de boîte. » Elle passa l'autoradio en mode CD et par la même occasion se retrouva en plein souvenir de conversation surréaliste lors d'une très fameuse soirée dans une boîte parisienne qu'elle appréciait.

Elle était venue en célibataire, avec des amies. L'endroit commençait à se remplir, à l'inverse des verres. Les consommations comprises dans le prix d'entrée étaient depuis longtemps absorbées, la soirée était gaie, sans jeu de mots puisque l'assemblée était quasi exclusivement féminine. L'accès au bar ressemblait, au fil des minutes, au parcours de la combattante, où il fallait éviter les objets remplis de liquides divers et variés, tout en ne heurtant pas leur propriétaire. Avec plus ou moins de réussite, elle était parvenue à approcher le but du voyage, suivie de Ludivine, dite Lulu, son amie d'enfance. Plusieurs serveuses déployaient toute leur efficacité au service de la clientèle agglutinée. Coincée derrière une grande perche de 1,85 m, elle attendait son tour, la tête de Lulu posée sur son épaule.

— Pourquoi les bars de boîtes sont toujours trop petits ? lui demanda celle-ci, en se mettant sur la pointe des pieds pour essayer d'élever son mètre soixante au-dessus de la foule.

— C'est pour favoriser la promiscuité, répondit Camille en souriant.

— On ne va pas se plaindre, en effet. Il y a du beau monde ce soir.

— Ah bon... Mais il me semble que tu es déjà accompagnée, non ?

— J'ai des yeux, je regarde...

— Sans toucher.

— Uniquement avec les yeux... Ne me dis pas que tu n'en fais pas autant, hein ?

— Et sinon, qu'est-ce qu'on boit ?

Elles avaient réussi à se frayer un chemin jusqu'au comptoir lumineux, et Camille cria sa commande à l'une des barmaids moulée dans un tee-shirt à paillettes. Alors qu'elle se retournait pour donner l'un des verres à Lulu, Camille fut abordée par une jeune femme qui avait l'air d'être passée plusieurs fois par la case *bar.*

— Salut les poulettes ! s'exclama-t-elle, en s'intercalant entre les deux amies.

Camille resta fixée sur son geste, alors que Lulu répondait à l'autre en souriant.

— 'Soir !

— Je ne vous ai jamais vues ici avant. C'est la première fois que vous venez ?

— Oui, mentit Lulu, qui semblait s'amuser de l'attitude entreprenante de la fille.

— Je vous trouve super toutes les deux. Je vous offre un verre ?

Camille haussa épaules et sourcils en montrant les boissons en attente. L'autre ne se démonta pas pour autant.

— Je vous attends au bar, et après on pourra aller chez moi. J'habite à deux pas d'ici, ce serait sympa de faire connaissance, non ?

— Non, répondit Camille, en poussant Lulu pour qu'elle prenne les deux verres sur le comptoir.

— Vous pouvez venir toutes les deux, insista la fille, en plantant son regard sans équivoque dans celui de Lulu, qui avait du mal à contenir un fou rire mal venu.

Elle la repoussa gentiment et suivit Camille qui avait déjà tourné les talons pour regagner la table de leurs amies. Elle la rattrapa en prenant garde de ne pas renverser les cocktails dont elle avait la charge.

— Sympa la copine.

— Tu parles. T'as vu ses yeux !

— Et son haleine. Pas top… Je crois qu'elle a dû un peu abuser.

Le volume de la musique était monté d'un cran et la piste ne désemplissait pas. Camille dansait peu ce soir-là, mais elle était heureuse de passer ces heures au milieu de cette foule féminine. Elle regardait sans voir, posant son regard ici et là, sans vraiment s'attarder, sur les silhouettes en mouvement. Elle était convaincue que l'on ne faisait jamais de rencontres dans les boîtes. À l'instant où cette réflexion s'imposait à son esprit, l'image d'une jeune personne se superposa dans son champ de vision, attirant son attention. Le corps s'accordait à la perfection, et sans effort apparent, au rythme soutenu. Les lumières dansaient au-dessus des têtes animées. Camille se décala sur la gauche pour pouvoir observer à sa guise la façon dont la danseuse évoluait au milieu des autres femmes. Quelques mètres à peine les séparaient. Le visage concentré aux yeux fermés dégageait une joie empreinte de sensualité. Camille suivait sans ambiguïté les déplacements mesurés par manque d'espace. Sans vraiment s'en rendre compte, un sourire s'était dessiné sur ses lèvres, le spectacle retenait son attention. Un pincement sur sa cuisse la ramena à la réalité.

— Accrochée ? demanda Lulu en riant.

Camille se tourna vers son amie, lui rendant son sourire.

— J'ai des yeux...

— Oui, je vois ce que tu veux dire. Tu viens danser ou tu préfères jouer les mateuses ?

— À ton avis ?

— Ok. On te fait confiance pour surveiller les verres, alors.

— Je ne les lâcherai pas d'une semelle.

— Ben voyons... Fais gaffe à ne pas te mordre la langue quand tu refermeras la bouche ! dit Lulu en se levant pour rejoindre la piste à son tour.

Les yeux de Camille riaient encore des pitreries de son amie, lorsqu'ils rencontrèrent ceux, à présent ouverts, de sa danseuse préférée. Celle-ci s'était approchée de l'endroit où elle était assise, tout en continuant à bouger. L'intensité de la lumière venait de diminuer, annonçant le quart d'heure des slows.

— Danserons-nous ensemble ? murmura une voix rauque à son oreille.

C'est sur ses trois mots que Madeleine entra dans la vie de Camille.

La reprise du trajet se faisait attendre, et les informations diffusées au compte-gouttes à la radio n'annonçaient rien. Ni positifs, ni alarmistes, les messages restaient vides. Les automobilistes se suivaient et les distances de sécurité réglementaire n'étaient plus d'aucune utilité. Les visages entrevus à proximité paraissaient concentrés sur une route trop brillante dont les kilomètres restaient figés. On n'avançait pas. Dans le véhicule précédant la voiture de Camille, deux enfants faisaient des signes, alors qu'un troisième, installé dans son siège, agitait ses bras en direction d'une peluche accrochée au plafond. Une femme conduisait et se retournait à intervalles réguliers pour s'assurer que les bambins ne faisaient pas de bêtises. « La galère », songea Camille. Être coincée seule ici, s'était déjà pas terrible, mais être coincée seule avec trois gamins, ce devait carrément être l'horreur. Un bel exemple de la relativité des choses : quelle que soit la situation, tout pouvait simplement dépendre des conditions dans lesquelles on se trouvait et de la personne qui vous accompagnait. Ses souvenirs se portèrent à nouveau sur Madeleine. Camille pouvait se parler dans sa tête, comme elle l'aurait fait à voix haute, lors de cette randonnée en montagne un jour d'août. Elle ferma les yeux, alors qu'elle venait de couper le contact. La mémoire des odeurs de la terre humide de l'été après l'orage, lui fouetta l'esprit. Pourquoi fallait-il penser à tout cela maintenant, dans cette nuit de solitude hivernale. Le froid commençait à pénétrer dans l'habitacle. « Le froid aiguise l'esprit », comme disait le révérend dans *When Nigth is Falling.* « Oui, mais on n'est pas au Canada », médita Camille en se découvrant un début d'agacement. Elle ralluma son moteur pour faire quelques mètres, sans pour autant remettre la climatisation. Un peu plus loin sur la droite de la longue file de voitures, certains avaient réussi à ouvrir les grilles d'une entrée de service et s'engageaient dans un chemin couvert de neige. Camille songea une fraction de seconde à en faire autant, si elle ne voulait pas être bloquée pour de longues heures, puis pensa finalement que si il y avait bien un endroit qui devait être dégagé, c'était l'autoroute. Ça coûtait assez cher pour ça ! Elle dépassa la sortie de fortune — de toute façon elle se trouvait complètement sur la gauche —, et tenta une nouvelle fois de contacter ses parents. Le réseau de téléphone était dans le même état que l'autoroute, complètement saturé.

— La France est en panne, dit-elle à voix haute, en grimaçant.

Elle immobilisa une nouvelle fois sa voiture, et se plaça sur le menu *SMS* de son mobile. *« Bloquée sur la route. Neige et pas de réseau. Préviens mes parents. Bises. A+ »*. La dépêche matérialisée par la petite enveloppe qui s'envole à travers l'écran, rassura Camille, l'envoi de texto fonctionnait. « Vive les nouvelles technologies », pensa-t-elle en effaçant les mots. Lulu ne devait pas être couchée à cette heure, surtout pas un samedi soir. Quelques instants plus tard la marche de Dark Vador résonnait dans la voiture.

— Qu'est-ce qui se passe ? demanda la voix de Lulu inquiète.

— Je suis coincée sur l'autoroute, répondit Camille, heureuse d'entendre son amie. Tout va bien, mais je n'arrive pas à faire passer le moindre appel. C'est pour ça que je t'ai envoyé un message.

— Je viens d'avoir tes parents, ils commençaient à s'inquiéter. Mais maintenant, *no problemo.* Et toi ça va ?

— Super. Tu imagines. Il y a un bouchon monstrueux, je n'ai pas encore passé le péage. Je suis partie à 15 h 30 du cimetière et il est plus de 22 heures.

— C'est pas possible, soupira Lulu, qui semblait déroutée par l'information. Qu'est-ce qu'ils disent aux infos ?

— La même chose depuis trois heures. La situation est préoccupante, il y a d'importantes perturbations et il faut s'armer de patience.

— Tu as pris les armes alors...

— (...)

— C'est pour rire, continua Lulu, qui sentait que le sens de l'humour de son amie avait du mal à résister à la situation. Je peux te tenir compagnie, si tu veux.

— Non, c'est bon. En plus, ça risque de durer un moment.

— Je te rappelle avant d'aller me coucher pour voir où tu en es.

— Je ne devrais pas avoir beaucoup bougé d'ici là.

— Va savoir... tu dis ça parce que tu es en colère. Allez courage. À tout à l'heure.

Un bip-bip signala la fin de la conversation dans l'oreillette de Camille. Elle resserra l'écharpe autour de son cou, toujours pas décidée à remettre le chauffage. Elle n'était pas frileuse de toute façon. Les véhicules environnants n'étaient plus les mêmes, elle chercha la petite famille qu'elle avait suivie un long moment, sans succès. Kilomètre 31 : la radio annonçait maintenant des perturbations depuis le kilomètre 55, sans toutefois proposer une alternative quelconque aux automobilistes bloqués, ni à ceux qui ne devaient pas manquer d'arriver en queue de bouchon. Apparemment la dégradation de la situation venait d'une difficulté au kilomètre 7. Celui-ci avait la particularité de se trouver au début d'une côte après une cuvette naturelle. Des poids-lourds étaient en travers de la chaussée, mais les services de sécurité faisaient leur possible pour rétablir la circulation. D'ailleurs, il était expressément demandé aux routiers de garer leurs camions sur le bord de la route et aux automobilistes de laisser le passage aux véhicules de service. « Facile de se ranger, lorsque l'on est pare-choc contre pare-choc, que le sol est glacé, et que l'on est déjà en travers », se dit Camille en secouant la tête. Le péage ne se trouvait plus qu'à sept kilomètres, et cela faisait environ une demi-heure qu'elle n'avait pas bougé d'un pouce. Quelques-uns avaient coupé moteurs et lumières, alors que d'autres laissaient tourner leurs mécaniques ; l'autoroute ressemblait à un long serpent tacheté de rouge et blanc, avec de la fumé sortant de ses flancs. Camille ouvrit sa portière et mis prudemment un pied à terre. Elle n'était pas équipée pour la randonnée, et le sol était bel et bien gelé. Elle se redressa sans se presser tout en laissant sa main accrochée à la poignée.

— J'ai connu des nuits plus chaudes que celle-ci, énonça-t-elle à voix haute, tout en fixant le ciel étoilé.

— *Si au moins tu étais en bonne compagnie,* dit la voix Off dans sa tête.

— Tu as raison, continua Camille, en souriant à la perspective. On pourrait bavarder et se soutenir le moral.

— *Ou l'on se serait déjà trouvé un coin d'aire d'autoroute agrémenté d'un dessous de couverture,* poursuivit Off, sans ménagement.

— Inutile de se mettre de telles idées en tête, n'est-ce pas ? Il s'agit d'intégrer bien fort le principe de réalité. Je suis ici, sous les étoiles, seule et je me les gèle. Première résolution : s'asseoir dans la voiture et remettre le chauffage. Je suis toujours seule, mais il fait chaud, les étoiles sont toujours là et en plus, il y a de la super musique.

Off ne broncha pas et Lisa Stansfield, distillant *So Natural* dans les haut-parleurs, lui permit de connecter les souvenirs de Camille sur le mode premier quart d'heure de slows avec Madeleine.

Camille se retourna pour s'assurer que la question s'adressait bien à elle. Derrière, il n'y avait que le mur et sa glace renvoyant le regard amusé de l'inconnue.

— Oui, c'est à vous que je m'adresse, continua-t-elle en souriant de plus belle.

Camille eut l'impression de se jeter du haut d'un pont, sans avoir vérifié si son harnais était bien attaché, lorsqu'elle se leva pour emboîter le pas de sa danseuse préférée. La mélodie douce et rythmée les enveloppa comme un voile léger, créant une intimité immédiate et inattendue. Être près, sans être trop proche. L'exercice de la première danse demandait un instant d'appréciation de la distance entre les deux corps et la manœuvre était forcément délicate. Puisqu'il fallait bien commencer par quelque chose, et comme elle ne se voyait pas continuer à danser sans parler, Camille se rapprocha, à portée de voix.

— Je m'appelle Camille. *Et d'habitude, je n'accepte pas de danser avec une personne que je ne connais pas,* précisa Off.

— Moi c'est Madeleine.

Off déduisit du sourire adressé à Camille, que Madeleine n'invitait pas les inconnues, sauf peut-être si celles-ci l'avaient, au préalable, copieusement dévisagée pendant qu'elle dansait. Camille détourna le regard, se concentrant sur la musique. Sa partenaire était un peu plus grande qu'elle, et suivait les mélodies avec une facilité déconcertante, comme si les sons faisaient partie de son corps. Au fil des minutes et des musiques, la lumière redevint graduellement plus forte, sans que d'autres mots n'aient été échangés. Camille s'apprêtait à regagner son poste d'observation, mais se ravisa, sous la légère pression d'une main posée sur son bras.

— On va prendre un verre ? proposa Madeleine.

— Heu... Oui...

— Je vous invite.

— Pourquoi vous plutôt que moi ?

— Parce que j'y ai pensé la première, répondit Madeleine, tout en entraînant Camille à sa suite.

— *C'est une bonne raison ça !* plaisanta Off sans retenue.

Elles trouvèrent par miracle deux sièges inoccupés dans l'un des recoins de la boîte. L'éloignement relatif par rapport à la piste de danse, permettait de limiter les décibels reçus dans les tympans et rendait la conversation possible.

Camille revoyait ces premiers instants de rencontre, comme si celle-ci avait eu lieu la veille. Madeleine était là, dans le bleu pâle de son tee-shirt, son parfum délicat et perceptible malgré le mélange d'odeurs de l'endroit, ses lèvres posées sur le bord d'un verre, son regard profond et malicieux, ses cheveux relevés dans un chignon occasionnel — *« comme celui de la grand-mère »,* avait dit la voix Off —, ses mains vierges de toute parure, sa voix chaude et presque rauque, à cause d'un karaoké un peu poussé deux heures plus tôt.

Le péage était en vue et offrait un spectacle hallucinant. Tel un immense avion aux ailes métalliques et brillantes, l'édifice était entouré de centaines de véhicules immobiles, échoués comme des navires dans un port à marée basse. Camille constata avec inquiétude que tous les voyants d'accès restaient au rouge, cependant que la totalité des barrières se dressaient en position de passage. Action inutile, compte tenu de la situation. Lorsqu'elle réussit à s'engager vers les quatre voies et à s'approcher de l'amas fumant et bruyant, elle médita sur la réalité qui dépassait parfois largement la science-fiction. Le spectacle ressemblait au chaos. Camille pensa que les gens qui subissaient la guerre, devaient se retrouver confrontés à ce genre de situations, avec en plus, l'obligation du départ vers un ailleurs qui n'est plus un chez soi. Cette idée de l'exode la ramena vers un livre qu'elle avait lu quelques années auparavant, où un paragraphe faisait allusion aux rencontres que l'on pouvaient faire sur les chemins de la fuite.

— *Vue la température extérieure, c'est pas ce soir que tu vas trouver l'auto-stoppeuse de tes rêves !* ironisa Off.

Km 27 à km 25

Camille revint à la réalité du présent. Ses rares avancées devaient se mesurer en une accumulation de centimètres, avec une moyenne de un mètre par demi-heure. À ce rythme, elle n'était pas arrivée. Elle observa le bâtiment qui s'allongeait en travers de la route, et se mit à sourire malgré elle : il fallait désormais réussir à franchir cette frontière. Autrefois, dans ce qu'elle considérait maintenant comme une autre vie, Madeleine lui avait laissé un texto sur son téléphone mobile : *« Une pensée, avant la frontière... Bisous »*. Elle gardait intact le souvenir de sa réaction à la lecture de ces six mots, une fusion de joie et de détresse au milieu des battements de son cœur. Le bonheur de savoir que le lien entre elles deux demeurait tangible, mélangé à la douleur de l'absence, hélas bien réelle aussi. Elle aurait parié une rivière remplie de pépites que l'on ne faisait pas de vraies rencontres dans une boîte. En réalité, dans la vie tout restait constamment possible. Camille le savait, elle qui avait largué l'ensemble de ses convictions dans sa confrontation avec Madeleine. Elles avaient discuté longtemps lors de cette soirée initiale, malgré le bruit, malgré la foule, malgré l'heure qui avançait, malgré l'urgence. Camille s'était levée la première en voyant Lulu qui lui faisait les signes d'un départ imminent.

— Mes amies m'appellent, je vais devoir partir.

— Bon... Eh bien, je suis ravie d'avoir bavardé avec toi.

— *C'est très réciproque,* murmura Off.

— Moi aussi, traduisit Camille, sans être capable d'exprimer autre chose que cette totale banalité.

Madeleine s'était redressée à son tour et regardait Camille droit dans les yeux, comme on lance une invitation inaudible.

— Aimes-tu les jeux vidéo ? demanda-t-elle, rompant le silence assourdissant.

— *Avec mon gant ravageur, je dégomme tous les vilains à distance ! Même pas mal !* hurla Off, en applaudissant.

— Oui, cela fait partie de mes passe-temps, répondit Camille posément.

— Je travaille au *Go Games* des halles. Si tu veux profiter des nouveautés, faire quelques essais ou pourquoi pas, continuer cette conversation, tu n'as qu'à passer quand tu veux.

— *Tu cherchais pas un exemplaire de* WipEout fusion *que t'arrivais pas à trouver ?* pouffa Off.

— Avec plaisir. Je viendrai à l'occasion., dit Camille en souriant, heureuse d'apprécier la pratique des jeux vidéo.

— Bonne fin de soirée. Et, à bientôt alors ?

— *Ton magasin, il ouvre à quelle heure lundi ?* susurra Off.

— À bientôt, murmura Camille, légèrement troublée.

Elle tourna les talons et quitta Madeleine, après un dernier regard accompagné d'un geste de la main. Elle retrouva Lulu en direction du vestiaire.

— Désolée de t'avoir dérangée, lui dit celle-ci en clignant de l'œil.

Camille sourit à son tour, sans répondre pour autant à la pression vigilante de son amie.

— On est toutes un peu fatiguées, et comme c'est toi qui conduis... poursuivit Lulu en se dandinant d'un pied sur l'autre.

— Pas de problème les cop's, je vous ramène à vos maisons pour un gros dodo. Moi aussi, je suis flapie.

Les manteaux et autres parkas récupérés, la petite troupe s'était retrouvée sur le pavé humide de la rue parisienne. Camille fermait la marche et avant de passer le pas de la porte, elle s'était retournée pour jeter un ultime coup d'œil à l'intérieur de la salle. Appuyée nonchalamment contre un mur, Madeleine l'observait. À cet instant, Camille se demanda si cette jeune femme partageait ses pensées, si elle aussi, avait le sentiment que quelque chose d'indéfinissable et de troublant venait de se passer. Elle se répondit que oui, parce qu'elle en avait envie.

La densité de véhicules au millimètre carré semblait s'être accrue. À l'approche du péage, et malgré l'absence de marquage au sol, les conducteurs s'appliquaient à se positionner progressivement dans des files virtuelles, dont l'ultime objectif était de se retrouver en face d'un guichet vide de tout contrôle. « Je ne veux même pas imaginer *le Bronx,* si la société d'autoroute avait décidé de nous faire payer les trajets parcourus », pensa Camille en grimaçant. Elle était de nouveau à l'arrêt, après un bond de trois mètres cinquante et commençait à se poser la problématique de fond, à laquelle toutes les femmes qui se trouvaient aux alentours devaient réfléchir : pourquoi a-t-on toujours envie d'aller aux toilettes quand ce n'est ni l'endroit, ni l'instant ! Il allait bien falloir qu'elle puisse quitter sa voiture, pour partir à la recherche du fameux endroit, dont elle imaginait, sans illusions, l'état actuel. Ce moment se rapprochait inévitablement, et se positionnait en contradiction totale avec son souhait de ne pas se soustraire à son petit havre de chaleur. Elle allait se retenir encore un peu, jusqu'à la limite de ce que sa vessie pourrait soutenir, en n'oubliant pas de prendre en compte la longue et prévisible file d'attente. Elle n'avait même pas un bon bouquin ou une revue quelconque pour passer le temps. Sa Game Boy était restée dans un tiroir. Comme s'il était possible d'imaginer aller au cimetière avec sa console de jeu. « N'importe quoi ! », se dit Camille en sentant une pointe d'agacement commencer à monter le long de sa colonne vertébrale. Elle bascula une nouvelle fois du CD vers la radio, pour entendre les mêmes messages vides de sens, pour qui se trouvait dans la situation que tous ici subissaient. Elle décida de s'accorder encore quelques minutes afin de se préparer à partir en quête d'hypothétiques WC.

Tout ne se réglait pas à la même vitesse. Elle n'avait pas temporisé longtemps, avant de décréter qu'il lui était indispensable de trouver, dans les plus brefs délais, ce fameux jeu vidéo qui lui manquait tant, et qu'il n'y avait qu'un seul endroit au monde où elle était certaine d'obtenir satisfaction : le *Go Games* du Forum des halles. Elle avait laissé passer le lundi, parce que c'était vraiment trop tôt par rapport au samedi, le mardi, parce que sa disponibilité était limitée et qu'elle voulait quand même avoir le temps de discuter un peu, le mercredi, parce que c'était le jour des enfants et qu'à coup sur, il y en aurait plein le magasin, et avait finalement opté pour le jeudi, et tiré au sort 14 h 30 comme étant la bonne heure. Le magasin était relativement spacieux, des écrans plasma, animés des dernières nouveautés en démo, couvraient tout un pan de mur en arc de cercle. Camille était entrée dans l'espace de jeux en habituée. Elle aimait ces ambiances de mondes parallèles où l'on se retrouve en décalage avec sa vie courante. Les vendeurs, peu nombreux, renseignaient les clients ou encaissaient des achats dans une ambiance musicale techno douce. Elle jeta un rapide coup d'œil circulaire et ne vit pas Madeleine. Cela lui laissait le temps de découvrir les lieux et son attention se porta naturellement sur la gamme de jeux proposés pour la PS2.

— Quel est ton genre préféré ? demanda quelques minutes plus tard, une voix connue, derrière elle.

Elle se retourna lentement en souriant, le temps pour Off de glisser en filigrane la réplique qui tue : « *Sans hésitation : le genre toi.* »

— Salut ! J'aime bien les jeux de plate-forme… enfin, l'action et l'aventure en général, répondit Camille en faisant face à Madeleine qui venait de la rejoindre dans le rayon.

Elle eut un instant infime de surprise, le temps pour son esprit d'enregistrer tous les détails qu'elle n'avait pu voir dans la lumière artificielle de la boîte. Cinq précieuses secondes pour se rendre compte qu'elle la trouvait belle. Elle débrancha d'office Off, afin de ne pas perdre complètement le contrôle.

— Tu as un peu de temps devant toi, ou tu es pressée ?

— Quand je viens dans un magasin de jeux vidéo, je ne sais jamais l'heure à laquelle je vais en repartir.

— Ça tombe bien alors, répliqua Madeleine, en l'entraînant à sa suite. Je viens de recevoir une exclu à tester, tu es tentée ?

— *Tu parles...* couina Off, qui venait de se reconnecter.

— On peut toujours essayer.

Camille avait passé le reste de l'après-midi dans le bureau de Madeleine, et elles avaient parcouru les quatre royaumes composant le monde d'Oblivion. Elles avaient combattu avec plus ou moins de réussite, les forces du mal avec Jen une moitié d'humaine frondeuse et Scree une gargouille pragmatique. Un bug bloquant les força a stopper leur progression.

— Cette démo n'est pas encore une version stabilisée, ça arrive souvent, précisa Madeleine en arrêtant la console et en haussant les épaules.

— C'est déjà sympa d'avoir une idée avant tout le monde, et de pouvoir jouer quand on en a envie.

Madeleine regarda Camille en souriant.

— C'est un des plus du job. Mais c'est assez rare que je m'accorde autant de liberté.

— Ton patron est pointilleux ?

— Disons que c'est moi le boss, alors, il faut aussi que je donne l'exemple. En fait, cet après-midi, je ne travaillais pas, j'étais juste venue ramener une livraison attendue par un client.

Camille, étonnée, ne sut pas quoi dire, elles venaient de passer deux heures ensemble, et à aucun instant elle ne s'était posée la question de la disponibilité de Madeleine. Off, se tint prudemment à carreau.

— Je t'offre un verre ? poursuivit Madeleine.

— D'accord. Cette fois, c'est moi qui t'invite.

— J'accepte.

Camille ferma les yeux, sans avoir besoin de focaliser sa mémoire sur ces premières heures passées en compagnie de Madeleine. Après la balade dans un monde imaginaire, elles s'étaient retrouvées devant deux véritables jus d'orange, à continuer l'exploration d'univers en trois dimensions. C'était naturel et normal d'être là. « *Tout aussi évident que ta grosse envie de faire pipi* », rappela Off qui ne perdait pas le fil de l'histoire. Camille s'étira, avant de prendre la décision qui devenait progressivement une obligation, et qui n'allait pas tarder à basculer dans l'urgence. Elle avait peu progressé, et se trouvait sans doute à plus de cinq cents mètres du péage et des éventuelles commodités. Elle regarda autour d'elle. Des voitures silencieuses et tous feux éteints en côtoyaient d'autres, le moteur allumé pour obtenir une once de chaleur au sein d'un habitacle glacial. Des gens arpentaient avec prudence les extérieurs glissants. Camille s'extirpa de son siège après avoir boutonné son manteau, fait faire un double tour autour de son cou à son écharpe et jeté son sac à dos sur ses épaules.

— *De toute façon, la fourrière ne viendra pas enlever ta voiture ici... tu as largement le temps de faire un aller-retour patinoire-pipi sans même te presser ni te tordre une cheville...* balança Off qui cachait sa déprime dans l'humour.

Camille verrouilla la fermeture centralisée. « En route pour une nouvelle expérience », se dit-elle en embrayant sur l'humour de Off. Elle se rendit vite compte que le déplacement entrepris allait être plus périlleux qu'elle ne l'avait imaginé. Le gel prenait possession peu à peu du sol humide. Beaucoup de personnes avaient, comme elle, entamé une curieuse balade au milieu de cette mer de carcasses métalliques. Tout était gris, on se serait cru dans un vieux film en noir et blanc d'avant-guerre.

— *Quai des brumes* ? pensa Camille à voix haute.

— *T'as d'beaux yeux tu sais,* embraya Off.

Elle croisa un type égaré à l'allure débraillée, et se retourna pour vérifier sa trajectoire. Il n'était pas question, en plus, de perdre l'auto. Elle traça mentalement un fil d'Ariane entre un arbre qu'elle pourrait reconnaître et le haut de son antenne de voiture, puis, se concentra sur sa progression pour éviter de penser que son envie devenait de plus en plus pressante. Elle n'était a priori pas la seule dans ce cas, et de l'autre coté de la rambarde de protection, sur une sorte de chemin menant à un bosquet, on pouvait observer un ballet d'allées et venues de toutes sortes de catégories socioprofessionnelles. Camille examina le sol avant de passer la barrière, il suffisait de viser les mottes d'herbe ayant survécu aux piétons pour éviter de transformer ses chaussures de ville en godasses de campagne un jour de pluie. De plus, vu la grosseur des arbres, il serait inutile de songer à préserver son intimité. « Un cul est un cul », songea Camille sans plus s'embarrasser.

— *De tout façon tu n'as pas le choix, tu as vu des WC officiels par ici ?* marmonna Off.

Elle enjamba la glissière sans plus réfléchir.

Au retour, le paysage n'avait guère changé et les véhicules accolés au sien n'avaient que peu bougés. Camille soulagée, s'attarda un instant dans le froid de la nuit étoilée, pour prendre le temps de respirer, même si l'air n'avait pas la pureté du ciel noir. Une autre nuit lui revint en mémoire, une nuit passée sur un banc dans un petit village de montagne, une nuit à l'odeur de pain chaud dans un fournil. Comment pouvait-on passer la quasi-totalité d'une nuit sur un banc en bois, sans avoir un peu froid ? Camille ne se posait pas la question : si elle avait froid, c'était maintenant.

Cette nuit-là, rien n'aurait pu lui donner envie d'être ailleurs. Ce souvenir lui apportait une autre forme de chaleur, celle, intense et irradiante, du bonheur. Ces moments uniques, que l'on partage avec une personne que l'on connaît à peine, mais qui, soudain, devient la plus importante et la plus indispensable, Camille les avait vécus. Sa conscience, éveillée et à l'écoute, avait immédiatement capté les signes, sa rencontre avec Madeleine avait pris corps et s'était matérialisée là, sur le bois du banc. Elles avaient fait une longue promenade dans le silence du hameau endormi et finalement, elles n'avaient pas décidé de ne pas rentrer, mais simplement de prolonger la magie de l'instant, au clair de lune, sous les étoiles. Madeleine prenait quelques jours de repos dans un centre spécialisé dans le traitement de l'asthme et il avait suffi à Camille, en déplacement dans la région, de proposer de faire un détour avant de regagner Paris. C'était simple. Elle avait modifié son billet de train, loué une voiture, réservé une chambre à proximité de la cure, pour profiter du panorama nocturne, vu du banc. Et c'était assurément un paysage inoubliable. Au détour d'une phrase inachevée, Madeleine s'était allongée sur le banc, posant naturellement sa tête sur les cuisses de Camille. Camille avait laissé sa main caresser les cheveux de Madeleine, effleurant délicatement les mèches éparses, alors que celle-ci fermait les yeux. Le temps venait de stopper sa course.

Camille frissonna et se décida à rentrer dans la relative chaleur de sa voiture. Elle ralluma moteur et radio.

— *Merci la clim'. À mort Autoroute FM !* clama Off, dans un excès de réalisme.

La radio annonçait la fermeture de l'autoroute en direction de la province, afin de faciliter les travaux des services de Cofiroute et le passage des chasse-neige. En parallèle, la Croix-Rouge, associée aux pompiers, mettait en place un PC de crise avec distribution de boissons chaudes et de couvertures.

— *Ça s'arrange !* grinça Off.

Camille retourna sans plus attendre sur le banc d'un bord de nuit.

— Tu ne vas pas avoir froid ?

Madeleine sourit sans rouvrir les yeux.

— Il est clair que je ne devrais pas être là, compte tenu des messages à répétition que l'on nous donne à la cure, sur les méfaits des courants d'air.

— Tu veux rentrer ?

— Certainement pas ! On est trop bien ici...

— *On est trop mieux ici qu'ailleurs... d'ailleurs*, murmura Off, sans écho de la part de Camille.

Madeleine se mit à fredonner une vieille chanson de William Sheller. « Pourquoi les gens qui s'aiment sont-ils un peu toujours les mêmes... ».

— Parce que... continua Camille sur la mélodie du refrain.

— Qu'est-ce que tu en penses ?

— Quel est le sens de ta question ? répondit Camille, en passant ses doigts dans les cheveux éparpillés sur son jean.

— Je ne sais pas... peut-être que lorsque l'on est bien avec une personne, on doit le lui montrer.

— Je ne peux qu'être d'accord avec ce constat. Donc, tu veux me dire que tu es bien, là, avec moi.

Madeleine sourit et se redressa pour s'asseoir à cheval sur le banc.

— Et toi ?

— *Moi j'ai le cœur à l'envers de te voir comme ça, si proche de moi. Je n'ai qu'une envie, te prendre dans mes bras, te serrer contre moi, et t'embrasser... t'embrasser*, dit Off à voix basse, à une Camille hésitante sur l'attitude à adopter.

— Je suis heureuse d'être ici, avec toi.

Madeleine s'approcha suffisamment pour poser sa tête sur l'épaule de Camille.

— J'aimerais que cette nuit ne finisse pas, murmura-t-elle tout bas.

Off n'eut pas le temps de s'exprimer, Camille avait déjà penché son visage vers celui de Madeleine, et ses lèvres découvraient la texture et la douceur de celles de la jeune femme. Leur baiser dura le temps d'une déclinaison de l'alphabet, à raison d'une lettre par seconde. De retour sur le *A*, elles s'écartèrent doucement l'une de l'autre pour permettre à leurs regards de se retrouver.

— Je crois que je vais faire cure buissonnière... dit Madeleine, en souriant d'un air malicieux.

— Tu ne m'as pas parlé d'un examen prévu de bonne heure demain matin ?

— Ah oui... c'est vrai. J'avais oublié la corvée.

Son visage s'assombrit brusquement, sans que Camille ne sache faire la traduction de ce changement d'attitude inattendu.

— Ça ne va pas ? demanda-t-elle inquiète.

— Je... c'est difficile à dire... tu es là près de moi et c'est la meilleure chose qui me soit arrivée depuis des mois... mais... mais, ce n'est pas si simple.

Madeleine semblait hésiter, buter sur les mots. Camille essaya de comprendre ce qu'elle ne disait pas, même si elle savait bien que dans ce genre de cas, on a toutes les chances de faire une fausse analyse de la situation.

— Tu me raccompagnes alors, et après mon exam' demain matin, c'est moi qui viendrai te chercher, pour t'emmener en balade.

Camille regardait Madeleine qui avait retrouvé un semblant de sourire.

— Tu sais, je suis venue pour te voir et partager un peu de temps avec toi. Je suis là pour toi, si tu as besoin de quoi que ce soit, dis-le moi. Et s'il y a un problème qui te tracasse dans tout ça, tu peux m'en parler... Nous nous sommes rencontrées, quelque chose c'est passé entre nous, mais, cela ne donne pas d'obligation.

Madeleine plaça son index sur la bouche de Camille avant d'y déposer un baiser. Elle remontèrent ensemble, en se tenant par la main, vers le centre thermal. Il était près de 3 heures du matin, le soupirail de la boulangerie laissait filtrer un trait de lumière. La nuit à l'odeur de pain chaud se grava dans la mémoire de Camille.

Un casse-croûte baguette-reblochon, se dit Camille en lorgnant son paquet de biscuits au chocolat.

— *Les sandwich club de l'aire d'autoroute faisaient déjà la tête dans leur emballage, il y a plusieurs heures. Alors tu imagines maintenant ?* marmonna Off, *en plus, c'était même pas de la baguette !*

Camille avait progressé de dix ou vingt mètres, mais la gare de péage ne semblait pas s'être rapprochée pour autant. Elle soupira. La sonnerie *Star Wars* de son portable la tira de sa léthargie.

— Alors tu en es où ? demanda la voix de Lulu, dans le mobile.

— J'en suis au n° 6 sur l'échelle de l'inquiétude.

— Et, tu as prévu combien de graduations ?

— Pas plus de neuf, pour faire simple.

— Ah ouais, quand même ! Donc, si je traduis, tu n'as pas beaucoup bougé depuis tout à l'heure.

— Pas énormément, en effet. On est à l'arrêt, quasi en permanence.

— C'est dingue quand même ! Et vous n'avez toujours pas plus d'infos ?

— Je pense qu'il ne vaut mieux pas que les mecs de la radio se pointent par ici, parce que sinon, c'est le lynchage !

— Et les flics ?

— Espèce en voie d'extinction. On n'a même pas pu recenser le dernier spécimen.

Camille entendit Lulu pouffer dans le téléphone.

— Au moins, ton sens de l'humour résiste.

— Cela reste de l'humour enrobé au sarcastique... Et vous ça va ?

— On est tranquille. Julie vient d'avoir une poussée d'inspiration, elle est en train de peindre, elle te passe le bonsoir. Moi je suis devant la télé, je regarde *Le Grand Bleu* pour la millième fois. À force, je vais l'user.

— On serait bien au bord de la mer, rêva Camille à voix haute. Je pourrais aller sur le champ, faire un tour à Amorgos.

— Sauf qu'il ne doit pas y faire plus chaud que ça. Et puis, il doit y avoir du vent.

Camille sourit à la pensée d'un souvenir commun avec son amie.

— Tu te souviens, cette fameuse histoire de vent ?

Lulu embraya immédiatement, trop heureuse de se remémorer un instant de vie qui ne pouvait arriver que là-bas.

— On avait l'air malin avec nos sacs sur la jetée à 5 heures du matin.

— Je me rappelle surtout de ta tête, lorsque le seul bateau de la semaine a dû faire demi-tour parce qu'il ne pouvait pas accoster, tant il y avait de la houle dans le port.

— Ben oui... on a été obligées de rester dix jours de plus... trop dur !

— Mais c'était plus sympa d'être coincée dans cette île, qu'ici.

— Tu as raison. Allez ! Sois forte ma fille !

— J'en ai un peu marre quand même.

— Dis-toi qu'après tu considéreras tout ça comme une expérience inoubliable.

— Ok. Mais alors dans longtemps... pour l'instant j'ai du mal. Enfin, je ne vais pas me lamenter sans arrêt, tout ça n'est pas bien grave. Je te laisse aller regarder la fin de ton film.

— Ok. De toute façon, je te rappelle avant d'aller me coucher.

Camille enleva son oreillette. Elle aimait bien *Le Grand Bleu,* mais surtout, elle adorait la Grèce. Elle n'avait pas eu le temps d'y emmener Madeleine. Elle avait peu de regrets dans sa vie, mais le fait de ne jamais avoir pu profiter avec elle des volets d'une chambre qu'on ouvre sur le bleu incomparable de la mer Égée, lui laissait un goût d'amertume indéfinissable. Elles avaient partagé d'autres lieux ensemble, mais pas ce pays si cher à son cœur. C'était ainsi. Camille céda quelques secondes à la nostalgie du temps qui passe trop vite lorsque l'on est bien. Fallait-il être mal, pour se rendre compte de toute la chance qui pouvait parfois nous être donnée ? Pour elle, la réponse était *non* depuis longtemps. Depuis qu'elle avait compris que tout est toujours réalisable et que c'est à chacun de trouver la voie qui est la sienne.

— *Tu nous fait psycho ou psychose ?* railla brusquement Off, sans ménagement.

— Je n'ai pas envie d'être ici, répondit Camille à sa voix intérieure.

— *Que fais-tu du principe de réalité ?* poursuivit Off. *Même si on ne s'accommode pas du présent, il reste envisageable de composer avec.*

— Oui je sais, grommela Camille. et c'est valable dans toutes les situations, je le sais aussi.

— *Peut-être es-tu là pour apprendre la patience,* tenta Off.

— Pourquoi pas la sagesse tant qu'on y est !

— *Va savoir... en tout cas, tu as du temps devant toi pour y songer.*

Camille prit un biscuit dans le paquet qu'elle venait d'ouvrir. Un peu de chocolat pour remonter le moral de ses neurones. Même ce gâteau avait le goût du souvenir.

La pente était douce, mais constante. Elles marchaient depuis le matin dans la chaleur du mois d'août. Comme promis, Madeleine avait emmené Camille en randonnée pour la journée, sur les flancs d'une montagne qu'elle connaissait bien.

— Je venais ici, quand j'étais gosse. Rien n'a vraiment changé, dit Madeleine en s'arrêtant sur un promontoire rocheux.

— Peu de gens doivent passer par là. Il doit y avoir une relation de cause à effet.

— C'est clair... le tourisme de masse n'a pas encore abîmé cet endroit. Une chance pour nous de pouvoir en profiter.

— Tout ne peut quand même pas être pollué.

— C'est pas gagné, soupira Madeleine en ramassant un morceau de plastique abandonné sur le chemin.

Elle le mit immédiatement dans une poche de son sac à dos, qu'elle posa par terre.

— Une petite pause ?

— C'est pas de refus, répondit Camille, en se délestant elle aussi de son sac.

La nature, intacte et sauvage, s'étendait à leurs pieds. Madeleine tendit un paquet de gâteaux à Camille.

— On a encore environ une heure de marche, avant d'arriver là où je veux t'emmener.

Camille, qui aimait les surprises, ne posa pas de question sur l'endroit. Elle mangeait son biscuit en silence, laissant son regard explorer les alentours, et noter chaque détail qu'elle conserverait dans sa mémoire. Le goût du chocolat se mélangeait avec le chant des oiseaux et l'odeur des herbes que le vent faisait frissonner. Il ne manquait plus que le toucher pour que les cinq sens soient simultanément en éveil, Camille posa sa main sur celle de Madeleine. Le présent devenait sa conjugaison préférée, elle ne pouvait plus faire de fautes d'accord. Ces minutes d'éternité prenaient possession de son corps et de son esprit. Elle savait que son cœur ne résisterait pas longtemps à l'assaut.

— J'aime être ici, avec toi, dit-elle, contenant à grand-peine l'émotion qui l'envahissait.

— *Avec toi d'abord,* précisa Off sans éclat de voix.

Madeleine ne répondit pas, mais elle pressa tendrement la main de Camille dans la sienne. De longues minutes passèrent ainsi, avant qu'elles ne se décident à poursuivre le chemin. L'ascension continua sur une pente un peu plus raide que les précédentes, qui finit par déboucher sur un nouvelle perspective des lieux. Deux lacs se suivaient à courte distance, posés sur un plateau entouré de parois plus élevées. Au loin, on voyait très distinctement une montagne enneigée. Madeleine marqua la pause en inspirant et soufflant avec application.

— Heureusement, c'est bon pour ce que j'ai...

— Qu'est-ce que tu as ? demanda Camille, qui avait compris que la formule employée par son amie n'était pas une boutade.

— Disons, que je ne me sens bien qu'en hauteur, répondit Madeleine en clignant de l'œil.

— Tu respires mieux là où l'air est pur ?

— C'est un peu ça. Le paradoxe, c'est que plus on est haut, plus il est pur mais aussi plus rare.

— *Nos vies sont fourrées aux paradoxes !* jeta Off à Camille, qui s'était rapprochée de Madeleine.

— Tu as des problèmes respiratoires ?

— J'ai envie de t'embrasser, tu crois que les deux sont compatibles ?

— On est en altitude, répondit Camille, en souriant. C'est déjà un plus. On peut toujours essayer.

Madeleine n'avait pas attendu la fin de la phrase pour déposer un baiser sur les lèvres de Camille. Un aigle déploya ses ailes et s'élança dans un courant d'air porteur.

La marche du côté obscur de la force résonna de nouveau dans l'habitacle de la voiture.

— Alors ? demanda Lulu dans l'oreillette.

— Au moins deux mètres cinquante !

— Tu progresses, tu progresses. Comment ça va ?

— Mieux que ça, serait difficilement supportable.

— Je ne te demande pas si tu as des nouvelles au niveau des informations routière ?

— Tu as raison, ne me pose pas la question. De toute manière, je n'écoute plus. Je me suis connectée sur ambiance décalage.

— Décalage ou décollage ?

— Au point où j'en suis, les deux formules conviennent.

— Attention aux effets de l'altitude !

— Tu ne crois pas si bien dire.

— Tu es sur que ça va ? demanda Lulu, soudain inquiète par le ton faussement détaché de son amie.

— Je survivrai, soupira Camille.

— Oh là, oh là... Mais j'espère bien, d'ailleurs tu te souviens que l'on a un repas prévu la semaine prochaine !

— D'ici là, je serai arrivée... Tu devrais aller te coucher. Je te rappelle demain pour confirmer la fin de mon périple.

— Ça roule ! Enfin, façon de parler. Prends soin de toi et à tout à l'heure. Je t'embrasse.

— Moi aussi. Bonne nuit.

Camille appuya sa tête contre la vitre froide. Elle avait chaud, comme si l'évocation de cette journée d'août pouvait irradier son corps. Les souvenirs affluaient tels les vagues des grandes marées du même mois.

— *On ne se refait pas,* souffla Off dans son oreille.

— Je n'ai certainement pas envie de me *refaire...* De toute manière, je l'aimerai toujours.

— *Gnagnagni... Gnagnagna... et je ferai ce que je voudrai quand je voudrai !!!*

— Ce n'est pas la peine de railler.

— *Alors laisse-toi aller,* rétorqua Off en haussant ses épaules virtuelles.

Madeleine regarda le ciel en faisant la moue.

— Nous allons devoir trouver un abri.

— Il y a un problème ? demanda Camille, en redressant son visage vers tout ce que la nature pouvait offrir en matière de cumulonimbus.

Un amas de nuages gris, noirs et menaçants s'étalait au-dessus de leurs têtes.

— Anne, ma sœur Anne... ne vois-tu rien venir ? Il semble que la météo se gâte, et en montagne, il vaut mieux être prudent. Nous n'aurons pas le temps de redescendre avant l'orage, mais il y a un gîte à proximité.

— C'est le coup de la panne en montagne ? plaisanta Camille, à qui la perspective de se retrouver bloquée dans la nature avec Madeleine, plaisait énormément. Madeleine s'approcha d'elle et déposa un baiser sur ses lèvres.

— Je vais déchaîner le déluge, rien que pour te garder près de moi.

— J'ai hâte.

De grosses gouttes de pluie commencèrent à tomber sur le sol chaud, faisant ressortir les odeurs de la terre gorgée de soleil. Un grondement sourd résonna dans les contreforts de la montagne. L'orage approchait. Déjà le ciel bleu disparaissait sous d'énormes nuées ténébreuses. Le sombre enveloppait la lumière d'un voile opaque. Le vent s'était levé et faisait battre les feuilles des arbres contre leurs branches entremêlées. La pluie arriva, brutale et bruyante, portée par les rafales. Madeleine était contre Camille, qui pouvait la serrer dans ses bras. Elles ne savaient pas, l'une et l'autre, si elles avaient peur du tonnerre, elles n'en avaient pas parlé. Elles s'étaient mises à l'abri à l'intérieur du refuge qui semblait suspendu à flanc de montagne. La fraîcheur et l'humidité commençaient à envahir la pièce. Le bois sec rassemblé près de la cheminée permettrait de faire un bon feu, et bientôt les volutes jaunes orangées s'élèveraient dans le renfoncement de pierre. Camille regarda Madeleine et la trouva belle. C'était un sentiment inattendu et extrême, auquel elle s'était, au fil de leurs rencontres, peu à peu habituée. Le lien invisible qui la reliait à cette femme se matérialisait en lui permettant de distinguer ce qu'elle était au fond d'elle-même. Elle n'avait jamais eu de sensation semblable. Elle était ici pour elle, et c'était important. Elle devait mettre sa main dans la sienne et l'accompagner sur son chemin qui un jour, lorsqu'elle l'aurait décidé, ne serait peut-être plus le sien. Elle n'avait pas prévu de lui ouvrir son cœur à ce point, elle pensait être un guide, une sorte d'ange gardien qui veille sans intervenir, qui conseille sans obliger, une présence affectueuse et tendre. Elle était tombée en amour en toute conscience, comme une évidence. Une série impressionnante d'éclairs blancs et mauves déchira le ciel noir. La montagne semblait rugir, sous l'effet de sinistres craquements. Elles étaient au centre de la tempête, bloquées dans leur tanière de pierre. Camille avait allumé des bougies, dont les flammes venaient faire écho à la clarté du bois brûlant dans l'âtre. Elle souriait, heureuse d'être ici, en dehors du temps, à côté du réel, juste elle et Madeleine. Cet instant unique saturait l'espace de multiples sensations. Elle avait l'impression que tous les pores de sa peau s'emplissaient d'amour et de désir. Elles partageaient la même longueur d'ondes. À mesure que la distance entre leurs regards se rétrécissait, la gestuelle prenait le pas sur les sons. Il n'était plus besoin de dire pour se comprendre, le langage du corps pouvait se substituer à celui des mots. Dans un élan commun, leurs bouches s'accordèrent dans le même souffle, alors que leurs langues entamaient une sarabande souple et déliée.

Un espace venait de s'ouvrir dans la tête de Camille, lui laissant entrevoir d'infinis plaisirs. Le désir submergeait tous ses remparts sans qu'elle ne cherche à se protéger. Plus rien ne comptait que la tenir dans ses bras, sentir sa peau sous la paume de ses mains, percevoir son intimité, comme on découvre un lieu merveilleux, réservé et inconnu. Un éclair zébra la pièce de sa lumière aveuglante, et un claquement sec frappa le sol derrière la porte fermée. Leur lent baiser se figea. Camille s'écarta de Madeleine pour vérifier un éventuel incident susceptible de stopper leurs ébats. L'orage pouvait bien gronder et la foudre frapper à l'extérieur, elles étaient déjà soudées l'une à l'autre. Madeleine se pressa de nouveau contre Camille, et leurs deux corps se mirent à onduler sous l'effet d'une musique inaudible aux oreilles, mais bien perceptible par les sens.

— Ça va ? demanda Madeleine dans un souffle.

Qu'était-il possible de répondre à cette question si simple et soudain si complexe ? Comment des mots pouvaient-ils traduire le bien-être et la plénitude du moment ?

— Tu es belle, répondit Camille.

Madeleine la regarda en haussant légèrement les sourcils, laissant ses lèvres dessiner ce sourire tendre et mélancolique que Camille lui aimait tant. Elle secoua la tête tout en continuant à sourire et leurs regards se portèrent simultanément sur la couchette installée à proximité de la cheminée. Le sol se tapissa de vêtements au fur et à mesure de leur lente progression vers le rendez-vous qu'elles venaient de se fixer. L'épaisse couverture rugueuse se transforma en drap de soie dans lequel elles se retrouvèrent bientôt enlacées.

Camille se contracta. Le siège de sa voiture était confortable, mais, elle s'était peu à peu recroquevillée en position fœtale.

— *Ce qui ne favorise pas la circulation du sang,* remarqua Off, pour détendre l'atmosphère.

Elle émergea lentement de ses souvenirs brûlants, ne sachant pas si elle ne préférait pas se laisser consumer sur place, plutôt que d'aller plus loin. Elle ne serait jamais détachée de Madeleine, elle avait appris à vivre sans elle, à apprivoiser l'absence pour ne plus souffrir du manque, pourtant, elle l'aimerait toujours. Si le temps qui passe pouvait atténuer, jamais il ne parviendrait à effacer. Leurs deux cœurs continueraient à battre à l'unisson au creux des courbes de cette montagne, un jour d'orage, au mois d'août. Elle changea de CD machinalement, alors que le véhicule positionné devant le sien amorçait un semblant de démarrage. La barrière de péage restait toujours désespérément devant, et elle, largement derrière.

Les mains de Camille découvraient la texture de la peau de Madeleine. Rien ne pouvait être plus délicieux. Elle sentait le désir prendre le relais des pulsations de son cœur, à mesure que le corps de Madeleine répondait à ses tendresses.

— Tu es douce, murmura celle-ci, en se redressant pour coller ses lèvres entrouvertes contre celles de Camille.

Elles plongèrent dans leur baiser en oubliant le monde alentour. Plus rien ne comptait que la sensation des corps qui se pressent, des souffles qui se mêlent, des abdomens qui se contractent. Les mains de Camille parcouraient sans se lasser le dos et les fesses de Madeleine, leurs bouches toujours soudées. Camille sentait la chair de son amante se fondre dans la sienne, alors que ses doigts trouvaient la source ruisselante de son excitation. Ses lèvres changèrent d'horizon pour s'attarder sur les tétons excités. Madeleine cambra les reins et se redressa en gémissant sous l'effet des caresses. Les mains de Camille avaient pris possession de ses seins, et sa bouche venait de se poser sur son ventre afin d'en redessiner l'arrondi. Elle se glissa sous les cuisses entrouvertes de son amante tout en retenant de ses mains, son buste dressé. Camille voulait entendre Madeleine, la sentir, toucher son désir pour l'emmener jusqu'à son paroxysme. Sa langue pouvait épouser ces nouveaux et délicieux contours sans aucune retenue. Elle s'abandonna avec allégresse au plaisir qu'elle donnait, laissant son esprit en délire se dépouiller de toute pensée.

Camille ressentit l'émotion l'envahir, jusqu'à en hurler. Ce jour de montagne, elle avait pleuré d'amour, comme on se livre corps et âme à un instant d'éternité. Une larme glissa lentement sur sa joue, sans qu'elle n'esquisse le moindre geste pour la retenir, et elle chassa d'un revers de la main Off, qui tentait un retour vers le principe de réalité.

Les nuages recouvraient partiellement la vallée. Ils s'accrochaient ça et là aux arrêtes rocheuses tels des morceaux de coton sur un sapin de noël. Le soleil reprenait ses droits dans le ciel mélangé et les odeurs de la terre s'élevaient, enivrantes, dans l'atmosphère encore chargée d'humidité. Camille regardait le visage assoupi de Madeleine, appuyé sur son épaule. Elle avait dit je t'aime sans attendre de réponse. Le vocabulaire français était si pauvre pour exprimer l'amour, adorer, chérir... Elle voulait dire, nommer ce qu'elle ressentait, sans crainte de ce qu'elle recevrait en retour. Elles n'avaient pas pu s'aimer de cette façon sans que cela ne puisse signifier autre chose qu'une simple envie partagée. Madeleine ouvrit les yeux. Elle sortait en douceur de la léthargie dans laquelle elle avait sombré, vaincue par les caresses et le plaisir. De légères cernes soulignaient le regard vert qui s'était éclairci. Camille plongea dans le reflet des prunelles lumineuses, tandis que son cœur se serrait sous l'effet de la révélation : elle était amoureuse de Madeleine et le temps pouvait s'arrêter là.

— *Tu comptes écrire tes mémoires ?*

La résonance de la question intérieure fit sursauter Camille. Elle était comme le joueur d'échecs solitaire qui fait tourner l'échiquier et se retrouve, un coup avec les blancs et le coup suivant avec les noirs. Sa pensée en trois dimensions, avec Off en médiateur.

— Il m'est arrivé un jour, de ne plus rien vouloir, se répondit-elle à voix haute.

— *Il n'y a pas de hasard,* poursuivit Off, reprenant sa place de voix intérieure.

— Il y a le libre arbitre qui dévoile au monde la réalité de nos choix.

— *Cette histoire t'as rendue philosophe,* commenta Off.

— Cette rencontre m'a révélée.

Camille émergea de cette conversation entre elle et elle, pour rallumer la radio. Le véhicule placé devant le sien avait progressé d'un bon mètre, c'était un signe tout à fait encourageant ! Elle venait de dépasser le panneau matérialisant le kilomètre 25.

Km 25 à km 24

Camille arrêta une nouvelle fois son moteur et ressentit cette impression de nuit qui n'en finit pas. « L'insomnie, ça doit vraiment être un truc horrible », médita-t-elle.

— *Si tu avais une connexion Internet ce serait le top,* ajouta Off, qui raisonnait jeux en réseau.

Camille rebondit aussitôt sur jeux vidéo et sa pensée buta de nouveau sur l'image de Madeleine.

Il faisait beau sur Paris. La température maintenait un niveau de pollution raisonnable. Camille avait réussi à se dégager de ses obligations professionnelles pour accepter un rendez-vous proposé par Madeleine. Elles s'étaient retrouvées à son magasin, avant de se diriger vers Luxembourg où Madeleine louait un duplex sous les toits. Camille allait découvrir, pour la première fois, le lieu d'habitation de cette femme vers laquelle ses pensées la menaient chaque jour, depuis leur escapade en montagne.

— Désolée. Il n'y a pas d'ascenseur.

— Après la montagne, les escaliers ! Qu'est-ce que tu me réserves en matière d'escalade la prochaine fois ?

— Va savoir... répondit Madeleine, en clignant de l'œil. Tu prends peut-être des risques.

— J'ai l'impression en effet, de ne pas vraiment mesurer l'ampleur du danger.

Camille savait que sous cette répartie anodine se cachait une réalité dont elle avait parfaitement conscience. Si les deux femmes apprenaient à se connaître au fil de rencontres plus ou moins espacées, elles n'en appréciaient que davantage leurs retrouvailles. Madeleine précéda Camille en s'excusant.

— La porte est un peu capricieuse, je passe devant.

La première impression de Camille fut, « clair et spacieux », la seconde « informatique, quand tu nous tiens », et la troisième, « ce doit être agréable de vivre ici ». Off lui souffla un *« je peux revenir avec mes valises ? »* avant d'écoper d'un blâme.

— Installe-toi, j'arrive ! dit Madeleine, en disparaissant dans un couloir.

Les étagères de la bibliothèque croulaient sous les CD audio ou vidéo, tandis que trois consoles de jeux différentes gisaient sur la moquette dans l'attente d'un hypothétique *« Game Over »*.

— Désolée, je ne suis pas la reine du rangement, précisa Madeleine en revenant avec un plateau garni de boissons. Pamplemousse, coca, bière, eau ?

Camille opta pour un jus de fruits.

— Il est sympa ton appart.

— Oui, j'aime cet endroit. On l'a trouvé, il y a environ deux ans.

Camille ne releva pas le *on*. Madeleine avait fait allusion à deux ou trois reprises à la personne qui partageait sa vie, tout en précisant que la notion de partage restait subjective, vu que ladite personne était absente, les trois quarts du temps. Camille n'avait pas posé de question.

Assise sur le canapé, elle observait les mouvements souples et lents de Madeleine. Elle emplissait la pièce d'une espèce d'aura invisible et cependant palpable. Sous le charme, Camille avait renoncé aux mots, elle s'accordait avec attention aux silences de Madeleine.

— Tu as faim ? demanda celle-ci en allumant une bougie.

— ... *De toi,* murmura Off au bord de l'évanouissement.

Madeleine rendit son regard brillant à Camille et s'approcha du divan.

— Ça va ?

— Nous pouvons peut-être manger plus tard ?

— Aurais-tu une idée derrière la tête ?

— Va savoir...

— Serais-tu tentée par un bain ?

Off se noya illico dans les nuages virtuels de mousse.

— Avec plaisir... Si nous arrivons à régler la problématique de la température. Répliqua Camille en haussant un sourcil interrogateur.

Elle savait que Madeleine aimait prendre ses douches brûlantes, alors que de son côté, elle ne supportait qu'une température proche du tiède.

— Ça va être dur ! je te montre la salle de bains et tu trouves le compromis ?

Camille se leva et se planta devant Madeleine avant de déposer un baiser sur ses lèvres. Celle-ci se rapprocha en arborant un air nonchalant qui cachait mal ses aspirations. Le bain fut transformé en douche par le désir qu'elles avaient l'une de l'autre et elles se retrouvèrent sans tarder dans les hauteurs du duplex où un large lit occupait toute la place disponible.

Camille ouvrit les yeux sur la nuit glacée. Fallait-il se remémorer tous ces instants d'amour au parfum d'envies, pour se rétablir de cette histoire ? Elle n'était pas malade pour chercher une guérison. Madeleine vivrait en elle le temps de cette vie.

— *Vous vous retrouverez dans une autre,* dit Off qui en rajoutait.

Les bougies, posées çà et là dans la pièce, éclairaient le lieu de leurs flammes tremblantes. Camille adorait voir l'expression de Madeleine lorsqu'elles s'aimaient. Et si la montée du plaisir lui faisait parfois fermer les yeux et les rouvrir, croiser ceux de son amante dans la concentration de l'amour, lui insufflait une poussée d'adrénaline qui la faisait basculer au-delà des frontières du septième ciel. Là où l'on cultivait des fleurs au goût d'amande et de fer, dont les pétales s'ouvrent sans effort sous la pression de la langue. Camille aimait la douceur de Madeleine, la saveur de son sexe, son odeur dans l'amour. Elle l'avait dans la peau, et si elle n'avait pas eu sa raison bien accrochée, elle en aurait été effrayée. Après, il n'y avait rien. Car rien ne pouvait être plus beau que d'aimer Madeleine, et rien ne pouvait être pire que ne pas être à ses cotés. Elles avaient peu dormi cette nuit-là. Comme à chaque fois qu'elles se retrouvaient, le temps basculait dans l'urgence. Madeleine avait sa vie, Camille s'en cherchait une.

— Tu voudrais pas me raconter une histoire ?

Elles étaient toutes les deux sous la couette, et Madeleine venait de tourner son visage amoureux vers celui de Camille tout en posant sa question.

— Une histoire de petite fille pour que tu t'endormes ?

— Ce que tu veux…

— Allons-y pour une histoire d'en dessous, répondit Camille tout en s'accolant à son amante. Car, c'est là que je t'ai rencontrée. Ou plutôt devrais-je dire, c'est là que je t'ai retrouvée. Nous sommes ensemble, rapprochées, unies, en dessous. Au-dessus de nous, il y a le monde, lointain écho bruyant de notre vie. Il y a le ciel, immense et clair encore à cette heure de la journée. Sans un nuage, le bleu s'allonge prenant possession de l'immense surface. Il y a la ville, dense, épaisse, fumante, grouillante, pleine de sons. Il y a cette bâtisse étroite et haute, coincée entre deux autres de ces congénères, comme une saucisse de hot-dog entre ses deux tranches de pain. Il y a la toiture couverte de tuiles anciennes et colorées. Il y a la chambre, petite pièce posée sur un perchoir. Il y a le plafond suspendu au-dessus de quatre murs biscornus. Il y a l'atmosphère chargée d'amour et de désirs. Il y a le drap que nous tenons tendu à bout de bras. En dessous de tout, nos têtes sont tournées l'une vers l'autre. Nos regards complices échangent des caresses. Nos rires s'abandonnent à l'unisson du même tempo, emplissant le dessous d'un éternel écho. Le bonheur se matérialise dans chaque recoin de notre pensée en engloutissant tout l'oxygène. Tes lèvres sont contre les miennes, nos langues confectionnent des myriades de A. Parce que c'est notre lettre favorite de l'alphabet... Celle qui va avec nos baisers.

Madeleine avait calé sa tête au creux de l'épaule de Camille, qui sentait à présent le poids du sommeil dans le souffle régulier de la femme de ses rêves.

— Et voilà que tu me demandes de te raconter une histoire... Maintenant tu dors. Alors, j'accroche les mots les uns aux autres pour relater cet instant d'éternité suivant celui ou tu m'as dit « je t'aime »...

Un concert de klaxon sortit Camille de sa douce torpeur. Un véhicule avait réussi, par on ne sait quel miracle, à se positionner en travers de deux files distinctes, bloquant ainsi toute éventuelle avancée. Plusieurs automobilistes étaient sortis de leur voiture et se dirigeaient vers le conducteur imprudent. Camille regardait, inquiète, le déroulement de la scène. Le ton des échanges venait soudain de monter d'un cran et elle s'attendait à tout instant à ce que l'un des protagoniste se retrouve à terre, terrassé par un coup de poing inopportun.

— *C'est dans ces moments-là, que l'on est ravi d'avoir son brevet de secouriste,* affirma Off.

— Pourvu que je n'ai pas besoin d'intervenir, se dit Camille, qui craignait que l'altercation ne dégénère.

L'un des assaillants tentait d'ouvrir la portière du contrevenant aux bonnes manières, tout en le menaçant d'un doigt vengeur. Un autre homme s'avança, dans l'espoir de calmer les débats. Il y eut un claquement de mains sur le vert de la carrosserie et un coup de pied dans la gomme des pneus, avant que le calme ne revienne aussi vite que l'agitation était apparue.

— Si la tension était un combustible, la neige alentour aurait fondu. Tout ça pour ça, pensa Camille en soufflant.

— *Il suffit de peu de choses parfois pour que tout bascule,* continua Off, dans l'intention de développer le sujet.

— Être bloquée ici depuis des heures ne me parait pas être « peu de chose ».

— *Il faut relativiser.*

— C'est ce que j'essaye de faire... Vu où ça m'amène...

— *Qu'est-ce que tu veux faire, à part penser ?*

— Justement, j'aimerais me déconnecter !

— *Ce n'est pas si simple de se retrouver face à soi-même.*

— Touchée !

— *Un beau sport, la remise en question.*

— Coulée...

Madeleine avait de nouveau quitté Paris, pour rejoindre un centre de cure en Bretagne. C'était elle, qui cette fois avait demandé à Camille si, au détour de l'un de ses déplacements, elle pourrait la rejoindre un jour ou deux. Le hasard faisant souvent bien les choses, Camille surchargée de travail, avait posé deux jours de congés pour raisons familiales. Elle avait pris le TGV pour Nantes et sauté dans un tortillard direction Lorient. Il y avait à peine une heure de traversée pour rejoindre l'île de Groix. *« Qui voit Groix, voit sa joie »,* vantaient les dépliants et posters présents dans la salle d'attente. Le temps superbe transformait les paysages bretons. La canicule présente dans l'hexagone faisait escale au pays des corsaires. Le printemps prenait des allures d'été. Le bateau s'engagea dans le chenal en laissant un phare aux bandes blanches et noires sur sa droite. Il se mit lentement à quai. Camille aperçut Madeleine qui discutait avec un jeune garçon. Elle saisit son sac à dos et s'avança sur la passerelle. Son regard s'attarda un instant sur les maisons à l'architecture caractéristique, avant de revenir sur Madeleine. Elle portait un bermuda avec des sandales. Un tee-shirt échancré laissait voir la couleur de sa brassière. Elle avait relevé ses cheveux sous un chapeau de paille sans rebords. Madeleine abandonna le garçon pour venir vers Camille. Elle avait maigri et des cernes rehaussaient le dessous de ses yeux. Elle avait l'air fatiguée, cependant le sourire qu'elle arbora à l'attention de Camille lui redonna un semblant de vitalité.

— Je suis heureuse que tu sois là, dit-elle, en guise de bienvenue.

— Moi aussi, répondit Camille, en déposant un baiser sur ses joues.

— *C'est toujours une merveille d'être en ta présence,* crut bon de rajouter Off.

— On m'a prêté une moto. Le centre n'est pas loin, mais j'ai pensé qu'avec cette température, la marche serait pour un autre jour.

— Bonne idée. En plus, je suis la passagère idéale.

Madeleine sourit à la remarque.

Le fond de l'air, aux senteurs marines, était gorgé de chaleur. Madeleine conduisait posément et en souplesse.

— L'île n'est pas grande. Avec cet engin, on pourrait en faire le tour en moins d'une heure. Nous avons le temps d'aller poser tes affaires. Tu veux sans doute te rafraîchir ?

— Ce ne sera pas de refus. Je me sens poisseuse.

— Et sinon ?

— Quoi ?

— Tu me montres la passagère idéale ?

— Tu me cherches ?

— On dirait…

Camille enleva ses mains de ses cuisses pour les passer sous le tee-shirt de Madeleine. Elle s'attarda sur le ventre aux contours soyeux et remonta en douceur jusqu'aux seins qu'elle pressa tendrement. Le casque ne lui permettant pas le baiser dans le cou auquel elle aspirait, elle augmenta le poids de ses paumes.

— Ça ressemble à ça…

— Hum… Je vois… C'est un bon début.

— La passagère idéale ayant le sens de la raison, je n'irai pas plus loin dans la démonstration.

— Dommage !

La chambre large et claire offrait une vue imprenable sur une mer d'huile.

— Je n'avais pas imaginé la Bretagne comme ça, commenta Camille qui venait dans cette région pour la première fois.

— En trois visites, je dois avouer que je n'avais pas encore profité d'un tel paysage avec soleil intégré. Seule la température de l'eau ne varie pas.

— Je ferais volontiers un essai.

— Si tu es tentée par un bain à 16°, pas de problème ! J'ai découvert une crique où je pensais t'emmener demain. On pourrait faire un pique-nique.

— Je suis ici et je te suis.

Madeleine regarda Camille de ses yeux aux nuances vertes sans rien rajouter. Camille se demanda ce qu'elle pouvait penser à cet instant, comme à chaque fois où le silence prenait le pas sur les mots. Elle attendit avec patience que son amie sorte de sa rêverie.

— Il me reste encore une obligation en fin d'après-midi, avant d'être tout à fait disponible.

Camille qui ne savait pas de quoi elle parlait, répondit qu'elle allait prendre une douche et l'attendre ensuite sur la terrasse. Madeleine se rapprocha.

— Pourquoi est-ce que je me sens vivante, quand tu es près de moi ?

— Parce que je suis ton ange et que je veille sur toi, répondit Camille, surprise par la question.

— *Parce que tu te rends enfin compte que tu m'aimes,* compléta Off au comble de l'émotion.

Madeleine déposa un baiser sur les lèvres de Camille.

— Bonne douche mon ange. À tout à l'heure.

Une légère pression sur l'épaule fit sursauter Camille. Elle s'était assoupie sur l'un des transats installés sur la terrasse. Elle frissonna en ouvrant les yeux.

— Je crois que je me suis endormie, s'excusa-t-elle, en s'étirant.

Madeleine s'assit à ses cotés et posa sa tête sur son épaule en soupirant. Son corps était lourd et las.

— Je risque de ne pas être d'excellente compagnie ce soir. Je suis crevée. Ça ne te dérange pas si l'on dîne dans la chambre ?

— Veux-tu que je passe la commande ?

— S'il te plaît... Je vais m'étendre sur le lit.

Les deux plateaux-repas furent amenés une demi-heure plus tard. Camille avait mis la radio en sourdine afin de permettre à Madeleine de sortir de sa léthargie en douceur.

— Ce n'est pas très gai d'être avec moi.

— Pourquoi es-tu venue dans ce centre ? demanda Camille, qui osait pour la première fois aborder le sujet avec son amante.

Madeleine tourna vers elle ce visage mélancolique qui donnait à Camille l'envie de la prendre dans ses bras pour la rassurer, ou pour faire n'importe quoi, pourvu que son regard soit de nouveau illuminé par la gaieté.

— Je n'ai pas envie d'en parler ce soir. Je t'expliquerai plus tard.

Camille vint s'étendre à ses cotés et Madeleine se blottit aussitôt contre elle avant de s'endormir.

Le lever du jour les trouva dans la même position. Camille déplia ses jambes et s'étira pour dénouer ses muscles endoloris, avant que Madeleine n'ouvre ses yeux.

— Qu'elle heure est-il ? questionna-t-elle, la voix ensommeillée.

— 8 h 30... Tu as dormi d'une traite.

— Je suis désolée, dit Madeleine qui recouvrait ses esprits. Qu'est-ce que je vais pouvoir faire pour que tu me pardonnes ?

Camille prit un air sérieux.

— Je crois que ça va être terriblement difficile.

— Fait-il beau encore aujourd'hui ?

— On dirait.

— Alors, j'ai mes chances... Tu n'as pas faim ?

— Un peu si... D'autant que le repas d'hier est toujours à sa place.

— Oh là là... C'est terrible...

— C'est peut-être pire que ça !

— Ne te moque pas... Tu vas voir...

Madeleine s'installa à califourchon sur Camille et entreprit de la couvrir de baisers.

— Moi aussi j'ai faim ! ... De toi.

— Ne pourrait-on pas commencer par d'autres nourritures ?

— Tu es franchement terre-à-terre parfois...

— Non. Je prends soin de toi.

Le chemin escarpé courait au milieu des bruyères. La brise marine emportait le cri des mouettes suivant un chalutier en partance pour la pêche. Le soleil déjà haut dans le ciel éclairait le granit gris et vert des rochers surplombants la mer. Madeleine marchait d'un rythme assuré, sa fatigue oubliée. Camille la suivait en s'appliquant à ce que ses pas restent accrochés à la terre, à l'inverse de ses idées. Le parcours en pente n'avait rien de progressif, mais Madeleine avait promis que l'endroit valait le détour, même si la voie pour y parvenir s'avérait périlleuse.

Grâce à la dénivellation, la crique restait isolée des regards indiscrets. Madeleine stoppa sa descente pour laisser le temps à Camille de la rejoindre. Elle tendit le bras vers les eaux cristallines.

— Rochers à marrée haute et sable blond à marée basse. Ça te plait ?

— C'est magnifique ! s'exclama Camille, étonnée par le paysage.

Les sacs à dos furent posés à l'ombre d'une pierre et les serviettes étendues côte à côte. Madeleine enleva short et tee-shirt pour se retrouver en maillot de bain. Camille, qui avait oublié d'emporter le sien, ôta son débardeur pour rester en brassière. La journée s'annonçait douce. Le bonheur était palpable.

Camille sourit à l'évocation de ce souvenir dont la chaleur l'imprégnait.

— *T'aurais presque plus besoin de la clim' !* se moqua Off.

Elle haussa les sourcils en acquiesçant à la remarque de sa voix intérieure. Le péage approchait à vitesse zéro. Camille se sentait pitoyable. Allait-elle réussir à franchir les 16,5 mètres qui la séparaient de la barrière, en moins d'une heure ? Tous les gastéropodes de la planète pouvaient l'envier. Elle battait des records de lenteur sur glace.

Le soleil scintillant sur les eaux turquoise illumina son champ de vision, et le péage disparut derrière le sourire radieux de Madeleine.

Madeleine dans son maillot de bain deux-pièces bleu. Son corps souple aux formes arrondies et généreuses. Sa peau halée par quelques expositions aux rayons matinaux ou de fin d'après-midi. Madeleine super belle dans les yeux amoureux de Camille.

— Elle n'est pas magnifique la vie !

— C'est une question ou une affirmation ? demanda Camille, le regard fixé sur les flots.

— C'est une certitude.

Elles s'étaient assises, Camille le dos calé contre une pierre plate, la main dans les cheveux de Madeleine qui avait la tête posée entre ses seins. Les mots devinrent superflus. Elles profitaient. *Avidement,* aurait commenté Off, si la voix intérieure de Camille n'avait été occupée à la déclinaison du verbe aimer, dans toutes les langues du monde et d'ailleurs.

Le froid fit une brusque incursion dans l'habitacle de la voiture.

— J'avais l'impression d'être aux confins de ce que l'on nomme communément le paradis. J'étais vivante. Je sentais. Je touchais. Je voyais. J'écoutais Off s'emmêler les pinceaux dans le flux de mes pensées. Si le temps de mon existence s'était arrêté à ce moment, certes, j'aurais manqué d'autres instants, mais j'aurais expiré dans le souffle d'un bien-être infini.

Camille avait parlé à voix haute.

— *Tu divagues !* intervint Off l'air inquiète.

— Rien ne peut altérer le souvenir de ce que nous avons vécu, poursuivit-elle sur le même ton. Ce qui était restera.

— *Et qui n'avance pas recule ?* hasarda Off.

L'Égée se superposait aux souvenirs des eaux bretonnes. C'est là que Camille avait décidé au final de faire la pause avant de reprendre la marche de sa vie sans Madeleine.

— Tu m'as laissé seule. Pas sans toi.

Un *bip* en provenance de son portable la fit sursauter. Une enveloppe se matérialisa sur l'écran du mobile. *Pause-pipi nocturne. Espère que tu es toujours vivante !* Le texto de Lulu lui arracha un sourire. Elle répondit aussitôt. « *Je pense, donc je suis.* »

Elles avaient fait l'amour sur les rochers. Tour à tour enlacées, emmêlées au creux du granit devenu inoubliable couche de douceur. Le sel de leurs peaux mélangé à celui des embruns. La voûte bleue devenue horizon. Plus tard dans la soirée, Camille s'était découvert une courbature aux reins. Elles avaient rigolé de cette conséquence inattendue de leurs ébats.

Madeleine avait proposé à une Camille ravie, d'aller dîner dans un restaurant près du port principal. La marée basse donnait un aspect de lieux dénués de vie. Les bateaux couchés sur leurs flancs semblaient abandonnés. La nuit était calme. Madeleine engagea la conversation en répondant à la question posée par Camille quelques heures plus tôt. Elle expliqua avec des mots simples ce qu'elle appelait son talon d'Achille.

— Je fais de l'asthme, comme d'autres font du vélo.

— Ah... Répondit Camille qui ne voyait pas le rapport entre les deux sujets.

— La bonne nouvelle c'est que je vais achever mon cycle de cures et qu'ensuite je n'aurai plus besoin de me trimbaler à chaque instant avec ma Ventholine au cas où.

— Combien de temps vas-tu demeurer à Groix ?

Madeleine hésita, semblant chercher la réponse adéquate.

— Ça ne se passera pas ici. Je ne vais pas rester.

— C'est-à-dire ? Demanda Camille, qui ne comprenait pas la circonspection dont Madeleine faisait preuve.

— Il est prévu que j'aille aux États-Unis.

— Pourquoi, les médecins ne sont pas qualifiés en France !

Off venait de s'exprimer pour la première fois en

direct *live* au travers de la voix de Camille. Elle regretta ce stupide débordement, tout en ayant la désagréable impression que son cœur battait un coup sur deux. Madeleine lui prit la main tendrement.

— Je ne suis pas encore partie.

Camille n'arrivait pas à lui rendre son sourire. Madeleine leur servit un verre de vin.

— À la vie, qui m'a permis de rencontrer mon ange.

— Aux progrès de la médecine en France, enchaîna Camille en devançant Off perdue dans le noir.

Elle ne comprenait plus rien des silences de Madeleine ni de ses soudaines absences. Pas plus qu'elle n'arrivait à assimiler l'information qui venait de lui être communiquée. Madeleine poursuivit sans lui laisser le temps de la moindre réaction.

— La femme qui partage... enfin, qui est censée vivre avec moi est médecin. Elle est actuellement à Salt Lake City. Elle travaille pour un institut spécialisé dans les allergies et les maladies respiratoires.

— C'est pour cette raison...

Camille hésita.

— Non, ce n'est pas pour ça que je suis avec elle. Nous nous sommes rencontrées lors de l'un de mes séjours à la Bourboule, dans le Massif central.

Madeleine n'avait jamais caché l'existence de cette femme, même si elle était restée discrète sur la nature profonde de leur relation. C'était la première fois qu'elle parlait de leur histoire.

— Elle m'a aidée à une époque où j'avais du mal à monter quatre marches les unes derrières les autres.

Camille plongea.

— Tu l'aimes ?

— C'est difficile d'aimer une personne qui est quasiment absente toute l'année.

— Sans vouloir insister, je te fais remarquer que tu ne réponds pas à la question.

— Je l'aime d'une certaine façon, tout en sachant

que je ne suis pas vraiment heureuse dans cette situation. Le problème c'est qu'elle est avant tout dévouée à son métier. Comment pourrais-je le lui reprocher ?

— Est-ce pour cela que je suis là ?

Madeleine hésita.

— Toi, ce n'est pas pareil...

Camille ébaucha un pâle sourire à l'énoncé de la réplique.

— Tu veux dire que ce n'est pas de l'amour ?

Madeleine ne répondit pas à la question que Camille avait posée sans animosité. Elle n'osait pas s'engager dans l'expression verbale de ses sentiments. Camille comprit que Madeleine vivait l'instant présent. Qu'elle conservait le passé précieusement. Que le futur n'existait pas. Camille décida de ne pas troubler le silence qui venait de se poser sur leur dialogue. Madeleine la scrutait. Lorsqu'elle ne voulait, ou ne pouvait plus traduire le flux de ses pensées, elle passait le relais à ses yeux. Ils avaient la couleur de l'amour. Camille n'oublierait jamais ce regard.

La porte claqua. Camille se retrouva dans le froid coupant de cette interminable nuit d'attente. Son esprit en ébullition devait faire face à une contrariété croissante à laquelle elle n'arrivait plus à opposer la moindre résistance.

— Merde ! Fait chier ! cria-t-elle à la rambarde métallique qui délimitait le milieu de l'autoroute.

Elle se pencha sur la balustrade humide.

— J'en ai marre de cette galère ! qu'est-ce qu'ils foutent ces connards de Cofiroute !

Sentant le pétage de plombs poindre à l'horizon, Off décida d'intervenir.

— *Inutile de se mettre dans un état pareil.*

— Je fais ce que je veux !

— *La preuve que non...*

Camille renvoya un *ta gueule !* à l'adresse de sa voix intérieure, accompagné d'un coup de pied rageur dans une touffe d'herbe gelée.

— Je n'ai pas envie d'être ici !

— *Ce n'est pas si grave dans le fond,* rétorqua Off qui souhaitait que le calme revienne.

— Oui, je sais. Je ne suis pas malade et j'ai l'avenir devant moi.

— *Tu as malgré tout, des difficultés à digérer le passé.*

— Ce n'est pas une question gastrique.

— *Alors c'est quoi ton problème !*

— Elle me manque...

— *Cela fait trois ans...*

— Ça pourrait faire un siècle ! je crois que ça n'y changerait rien.

— *T'as pas l'impression d'exagérer un peu ?*

— Je suis bloquée ici et la seule chose qu'il me reste à faire, c'est forcément d'exagérer.

Camille souffla tout en fermant les yeux. « Si tu étais là », songea-t-elle.

— *Ce n'est pas comme ça que tu vas y arriver. À quoi cela te sert-il d'évoquer cette idée ?* lui renvoya Off.

— Je veux y arriver...

— *(...)*

— Je veux réussir à intégrer le fait que je ne la verrai plus. Qu'elle est partie... ailleurs. Si seulement...

— *Laisse tomber... La machine à remonter le temps n'a pas encore été inventée.*

— Seul compte le présent et ce que l'on en fait. Je sais. Je sais. C'est trop dur parfois...

— *Tu es sur la voie... On ne peut pas continuellement rêver sa vie...*

— Je ne suis pas prête.

— *Qui te demande d'oublier ? Tu dois accepter, vivre avec et avancer.*

— Je veux trouver.

— *La paix ?*

— L'équilibre... Entre le bonheur d'avoir pu la rencontrer et la souffrance de l'avoir perdue.

— *Quand on cherche vraiment, on finit toujours par découvrir les ressources insoupçonnées que l'on a en soi.*

— Entre le meilleur et le pire ... ou au-delà... *Show must go on...*

Camille ouvrit les yeux, et sentit le givre de l'atmosphère contre sa rétine. Le froid intense lui glaça le sang. Le calme revenait graduellement dans son esprit. Il était en effet vain de s'énerver. Il suffisait de se montrer patiente et d'attendre.

— *Égrainer des souvenirs ne fait pas avancer la voiture,* ricana Off.

Camille réintégra l'habitacle dont la température avait baissé de manière sensible. Elle ralluma la radio, et lança la recherche de fréquences avant que le 107.7 d'*Autoroute FM* n'ait eu le temps d'émettre un son. Plusieurs tours de piste plus tard et après de multiples arrêts sur les stations *Culture, Info, Inter* et autres *France,* elle réussit à accrocher *RFM.* La voix suave et douce d'Édith Fambuena du groupe *Les Valentins* résonna dans le silence. « *Si j'osais je dirais que mon cœur s'est fait prendre, de la même façon que le sien... C'est entre elle et moi, une histoire comme il y en a plein d'autres. C'est entre elle et moi, ça ne regarde personne d'autre...* »

Le véhicule placé devant elle se mit alors à avancer. Camille sortit de son apathie et remit le contact. Cela faisait une éternité qu'elle n'avait pas passé la première vitesse. Les pneus glissèrent avant d'accrocher le bitume.

— Je le crois pas ! lança-t-elle à voix haute.

La masse de voitures s'était subitement ébranlée, sous l'effet d'un événement inconnu et invisible. La répercussion directe pour Camille fut qu'elle réussit à passer le péage en dix minutes. Toutefois, l'expédition de courte durée se solda sans tarder sur un constat d'échec. Elle se retrouva à l'arrêt, six cents mètres environ plus loin.

— Ça recommence, ralla-t-elle.

— *On est de l'autre coté,* poursuivit Off sur un ton qui se voulait optimiste.

— Oui, mais pour combien de temps encore ?

— *That ize theu qwestionne...*

La configuration de l'endroit avait changé de façon radicale. Camille se trouvait maintenant derrière un gros 4X4 Range Rover, modèle *« campagne, noblesse déchue »,* selon les précisions de Off. Elle regarda avec dégoût les émanations sortant du pot d'échappement. La fumée noire formait un rideau compact dont il était facile de concevoir l'odeur.

— *Vive la clim' avec recyclage d'air intérieur !* s'exclama Off.

— Je n'ose même pas imaginer ce que ce serait sans ça ! C'est dégueulasse !

Un homme assez grand venait de s'extraire du véhicule. Son look collait à merveille avec celui de sa bagnole.

— *Vu l'arbre en boule !* s'écria Off, qui savait que ça ne voulait rien dire, mais à qui l'expression plaisait. *Il est trop beau avec sa casquette, son blouson matelassé façon hobereau Versaillais, sa culotte de peau, garnie de chaussettes en laine et de gros godillots !*

— Ouais... Il ne manque plus que le cheval... Il avait pas assez de sous ce con, pour s'acheter le modèle avec pot d'échappement sur le toit !!!

— *T'as prévu de refaire la prise de la Bastille ou quoi ?*

— Laisse tomber, se dit Camille en regardant ailleurs. La nuit n'est pas finie.

Camille songea que les neurones du mode « souvenirs-vs-souvenirs » vivant sous son crâne, avaient parfois leur propre mode de fonctionnement. On aurait dit qu'ils étaient déconnectés de son cerveau par une machine spécialisée dans la sélection rigoureuse de ce dont il fallait se rappeler. Madeleine était vivante. Camille n'avait pas classé leur histoire dans sa mémoire.

Tout arrivait, en vrac. Pourtant, depuis des heures, elle suivait une chronologie inéluctable. Celle qui l'avait amenée au renoncement.

Il faisait beau, le temps idéal pour une balade. Madeleine avait proposé une sortie en forêt. Fontainebleau n'était pas l'endroit le plus sauvage de la planète, toutefois, les lieux restaient propices aux promenades en solitaire, telles que les deux femmes pouvaient les apprécier. Les oiseaux chantaient dans la lumière de fin d'après-midi, filtrant au travers des épaisses frondaisons. Elles s'engagèrent sur un chemin de terre sinueux. Madeleine marchait, silencieuse, laissant à Camille le choix du sujet de conversation. Un écureuil traversa leur champ de vision en quelques bonds.

— Tu as l'air préoccupée, commença Camille en ramassant une branche morte.

Madeleine soupira sans pour autant poursuivre sur l'idée émise par Camille.

— Tu te souviens que l'on peut parler de tout.

— Oui... Et il n'y a pas de sujet tabou entre nous.

Camille marqua une pause, pour laisser le temps à Madeleine de poursuivre.

— Je ne veux pas te perdre, dit celle-ci en regardant droit devant elle.

— Je n'ai pas l'impression qu'il y ait un risque en la matière, répondit Camille en fixant le point invisible capté par Madeleine sur l'horizon.

— Mais, si je te disais que je ne peux plus faire certaines choses avec toi... Et que cependant je continue de t'aimer. Que cela ne change rien sur le fond de mes sentiments. Que tu es importante...

— Ne te prends pas la tête, je ne vais pas te faire une scène. Je comprends...

Off eu du mal à ne pas rectifier par un « *je fais un effort surhumain pour concevoir ce que tu me dis...* » Tu connais mes sentiments à ton égard.

— Justement… Je ne veux pas te faire du mal.

— Rassure-toi, je n'ai pas envie de souffrir.

Camille ne savait pas expliquer ce qu'elle ressentait, tant elle était tiraillée entre sa volonté de dépasser une émotion exacerbée, et l'attraction du sol qui se dérobait sous les pieds. Elle s'était engagée dans cette histoire en connaissance de cause. Elle avait réalisé un beau rêve, et au-delà, elle avait fait une rencontre importante. Elle n'avait pas d'autre choix que de s'appliquer à ne pas tout gâcher, même si, d'un certain point de vue, Madeleine lui proposait l'inacceptable. Elle n'était pas l'élue, elle devait se faire une raison et reprendre la place qu'elle avait au départ, celle de l'accompagnatrice.

— Peut-on être amies, après avoir été amantes, tout en continuant d'aimer ? se demanda-t-elle, en se forçant à garder l'air serein.

— *Difficile mise en œuvre,* compléta sa voix intérieure.

— Faire preuve d'intelligence au niveau du cœur et tenir la distance, conclut-elle pour elle-même.

Elle se battrait contre ses états d'âme plus tard. Elle serra Madeleine dans ses bras. Elles continuèrent leur marche main dans la main, tandis que la lumière du jour déclinait dans la conscience de Camille.

Camille s'agita sur son siège. Elle gardait ce souvenir précis et tranchant dans les profondeurs de sa mémoire, et voilà qu'il remontait à la surface pour s'inscrire dans le présent tel un monstre caché qui aurait surgi à la faveur de l'obscurité.

Sa perception du ciel bleu se couvrit d'une pellicule blanche annonciatrice de brouillard. Un bruit de torrent emplit l'espace, et les remous bouillonnants transformèrent l'écume en un diffuseur d'oxygène humide. Le fond de l'air s'épaississait, à mesure que les contours de la gorge se précisaient. La forêt, accrochée aux rochers, rajoutait sa touche de senteurs boisées au tableau vivant de la nature, qui voulait ici défendre son aspect sauvage malgré quelques constructions présentes dans un proche voisinage. Camille et Madeleine faisaient bruisser les feuilles mortes sous leurs pas, déplaçant des odeurs de sous-bois. Camille eut la sensation du souffle d'une main glacée qui se dirigeait vers son cœur, l'aveu de Madeleine l'étouffait. L'étreinte lui noua la gorge, produisant une montée de larmes sous ses paupières. Il ne lui restait plus qu'à laisser le flux de son sang se transformer en ruissellement de pierres. Elle allait devenir statue. Tout en elle s'immobiliserait, la clouant à jamais dans cet instant. Se taire, ne plus penser, ne plus être ce qu'elle ressentait. Il lui fallait oublier que ces secondes innocentes jetaient la panique dans la plus infime de ses cellules nerveuses. Elle devait se protéger et reprendre son armure abandonnée depuis longtemps en présence de Madeleine. Emprisonner ses émotions à la faveur de la nuit tombante, le temps de maîtriser ce qu'elle ne pouvait plus partager avec elle. Sourire à la vie avec application, pour que l'après ne soit pas déformé par un dérapage intempestif. Elle devait se contrôler, et enfouir en elle cette minute de souffrance fixée pour l'éternité. Il ne lui restait plus qu'à relativiser et accepter que le cœur de Madeleine ne batte pas à l'unisson du sien. Elle laissait à la rivière le soin d'emporter son désarroi, tout en l'implorant de ne pas la juger. Camille ne sentait plus la main de Madeleine, et n'avait plus aucune idée de l'endroit où elles se trouvaient. Une forêt, l'eau qui coulait, qui emportait. Le temps qui s'écorchait sur les parois abruptes d'une rupture. Elles venaient de reprendre le chemin inverse, en direction d'ailleurs, dans la même réalité.

Off ne répliqua pas au réveil du Léviathan dont le cri venait de résonner dans l'habitacle glacé du véhicule immobile. Camille souffrait encore de cet instant de lutte contre elle-même. Elle se rendit compte qu'elle n'était jamais allée aussi loin dans l'introspection. Peut-être était-ce à cause de cela, qu'elle devait de nouveau refaire le chemin des adieux.

La peau douce de Madeleine en contact avec ses paumes, elle laissait s'envoler ses pensées. Le fond musical était en train de poser sur son cœur une empreinte indélébile. Elle avait promis depuis longtemps un massage à Madeleine et il avait fallu que ce soit ce soir-là, précisément, qu'elle ait eu l'ultime occasion de tenir sa promesse. Son amante était étendue nue, sur le ventre, au milieu des draps défaits. La faible lumière d'une bougie donnait à l'atmosphère un zeste de sacré. Camille suivait les contours familiers en s'attardant sur les muscles détendus. Il s'agissait d'un massage, et elle partait en voyage. Elle s'appropria chaque centimètre carré de la peau aimée, des épaules aux fesses en passant par la colonne vertébrale, des cuisses aux pieds en s'attardant sur les extrémités. Madeleine demanda quand elle pourrait se retourner. La voix de Camille ne trembla pas dans sa réponse. Lorsque Madeleine fut allongée sur le dos les bras en croix, et qu'elle proposa d'éteindre la flamme, Camille ne lui fit pas sa remarque habituelle. Elle savait, ce soir-là, que la pénombre convenait mieux à ses yeux chargés de larmes et à son corps en émoi. Le massage devint caresse. Camille sentait les plus infimes sursauts dans la chair de Madeleine. À genoux à ses cotés, ses mains se faisaient aimantes, parcourant la courbe des seins, s'attardant sur l'arrondi du ventre. L'esprit en feu, elle sentait son envie de Madeleine remplir l'espace de son chant impérieux. Le désir de Madeleine, Camille le recevait, palpable sous ses doigts mouillés. Il renvoyait la réalité aux confins de l'univers. Camille voulait l'aimer une dernière fois et plus rien n'avait d'importance à cet instant. Elle approcha sa bouche des lèvres humides du sexe de son amante avant de plonger sa langue dans ce lieu qui lui serait désormais interdit. Elle s'imprégna de chaque particule avec patience et avidité, le temps d'amener Madeleine aux portes du plaisir et de la faire jouir.

Camille, immobile et blottie contre Madeleine, était en nage. Celle-ci la serra contre elle avec la force qui lui restait. Elle la couvrit de son corps lourd et moite. Camille entendait les mots non prononcés, et les larmes refoulées. Madeleine l'aimait, cependant, elle ne lui ferait pas l'amour ce soir. Plus jamais. Elle ne pouvait pas donner plus. Camille sut, dans cet aveu final et silencieux, qu'elle abandonnait aux flammes de l'enfer une partie d'elle-même.

Le lendemain, lorsqu'elle quitta l'appartement de la rue d'Arve, elle était souriante. Elle ne souhaitait pas que Madeleine constate son émoi. Cela ne servait à rien de revenir sur ce qui avait été exprimé et décidé.

Madeleine allait partir pour les États-Unis. Son amie qui revenait d'un séminaire en Suisse passait à Paris pour la chercher, et l'accompagner vers sa nouvelle vie. Car Madeleine avait choisi de s'installer à Salt Lake City. Pour Camille, les règles d'une telle situation s'imposaient d'elles-mêmes. Madeleine était avec une autre, à qui elle ne souhaitait plus mentir. Et même, si elle aimait Camille, ce n'était pas pour partager sa vie avec elle. Elle suivait un chemin différent. Tout était clair depuis le début, il n'y avait pas eu de malentendu. L'amour s'était cependant installé. Si d'autres façons d'aimer n'existaient pas, il allait falloir les inventer.

Pour l'heure, Camille avait mal. C'était son problème, et elle ne le partagerait pas avec Madeleine. Elle passa par le jardin du Luxembourg et s'assit lourdement sur un banc. Son portable vibra à sa ceinture.

— Tu as laissé ta brosse à dents, dit la voix de Madeleine.

— C'est pas grave. J'en achèterai une autre.

— *Tu peux la jeter,* rajouta Off dans un souffle, la voix au bord du vide.

— Tu m'appelleras lorsque tu seras arrivée ?

— Je t'enverrai un texto, répondit Camille, qui ne pouvait oublier que l'amie de Madeleine devait la rejoindre à Paris dans la soirée.

— Bon voyage... Je t'embrasse.

— Moi aussi. Prends soin de toi.

Elle eut l'impression brutale que son cœur se désagrégeait en innombrables morceaux. L'implosion remonta jusqu'à sa tête, faisant vaciller des milliers de faisceaux nerveux. Le vertige fut relayé à ses yeux qui s'emplirent instantanément de larmes. Le flot accompagna dans sa chute vertigineuse les débris de ce qui avait été son centre vital. Elle resta assise, le souffle court, laissant la douleur diffuser une onde glaciale dans ses veines.

— *Ici s'achève le rêve,* déclara sa voix intérieure sans ménagement.

Puis, elle était partie en voyage professionnel pour deux semaines. Le cabinet d'architectes pour lequel elle travaillait lui avait confié une mission sur un nouvel édifice. Cette fois-ci, il s'agissait du contrôle d'un pont récemment achevé en Haute-Savoie. Camille concentra toute son énergie dans la qualité de sa prestation. Le travail ne compensait pas, il remplissait son esprit. Elle déclinait les invites successives des différents intervenants sur le projet. Elle n'avait rien à leur dire en dehors des heures passées à pointer les impressionnantes check-lists liées à la réalisation de l'ouvrage et à son bon achèvement. Le soir, elle s'écroulait sur le lit de sa chambre d'hôtel. Elle relisait les SMS transmis par Madeleine dans la journée. Elles restaient en contact. Camille commençait le lent apprentissage de l'absence et du manque. Elle écrivit des dizaines de lettres à Madeleine et n'en posta qu'une seule, via Internet.

> *« Madeleine,*
>
> *Ton image en filigrane sur toute autre. Je sais qu'il faudra du temps, parce que je n'ai pas envie de calmer cette ardeur que tu suscites en moi, cet élan qui me ramène inexorablement vers toi et le souhait d'être à tes cotés à chaque instant. Je sais que tu es là-bas, vivante. Je t'espère heureuse et c'est pour moi déjà un bonheur, même si je ne peux le partager avec toi. C'est ainsi, je peux rêver d'une autre vie, nous*

nous sommes rencontrées et nous serons ensemble pour toujours maintenant. Cet amour est le nôtre, et nous le porterons en nous. Parfois, cela me semble tellement insuffisant.

Si je déversais sur le clavier toutes les pensées qui volent vers toi, tout ce qui t'est dédié... J'ai la main hésitante et pourtant je sais que cela peut m'aider. Parler, parler, même à une feuille, et seulement à elle... La musique dans les oreilles, le son de ta voix dans ma tête, ta main dans la mienne et tant d'autres sensations que je ne sais écrire... Je suis au bord... Je n'ai qu'une pensée, qu'une envie à cet instant, respirer le même air que toi, te retrouver. Envie extrême, parce que liée à l'éloignement et à la privation. Te sentir, te toucher... Contre toi, en toi... Je me laisse aller, parce qu'aimer, c'est aussi ça. Je ne peux pas toujours accepter cette réalité qui fait que nous ne sommes pas ensemble... Non, parfois, je ne le peux pas. Te prendre dans mes bras, te serrer fort contre moi... »

Les chiffres rouges de l'horloge du téléviseur indiquaient 02:33. Les deux points clignotaient au rythme des secondes. Camille se laissa dériver. Elle ne savait plus conjuguer au présent, elle ne pouvait pas se rendormir. Le visage de Madeleine apparut aussi clairement que si elle s'était trouvée à ses cotés. Couchée sur le dos, le regard rivé au plafond, elle lâcha prise. Le barrage de sa volonté céda sous le poids du désespoir, libérant les ondes perfides du chagrin. Elle pleura, une seconde, une minute, une vie, la douleur de sa conscience diffusant des flots d'amertume dans ses muscles tendus. Elle entendit une voix gémir, implorer jusqu'à ce que ses cordes vocales refusent de relayer la moindre résonance. Elle plongea en aveugle dans un abîme de silence, le long d'un filin invisible, destination le fond.

Camille soupira. Elle n'avait jamais pu effacer de sa raison cet instant d'accablement. Elle s'était laissée submerger sans opposer de résistance.

— *Le roseau plie, mais ne rompt pas...* précisa Off, dans une minute de réminiscence fabuleuse, avant de rajouter, *c'est dans l'adversité que l'on grandit et que se révèlent nos aptitudes à franchir les obstacles.*

Madeleine avait choisi sa vie. Camille s'était engagée à respecter cette décision et les conséquences qui en découlaient.

Elle ferma les yeux, se laissa bercer par une musique lointaine, et sans y penser, bascula dans le sommeil.

Km 24

Camille consulta l'horloge. Elle affichait d'un rouge triomphal un 00:30 qui la laissa totalement perplexe. Elle ne se souvenait pas de s'être endormie. Elle avait bel et bien réussi à passer le péage, mais sa course d'escargot s'était arrêtée aussi sec. Les pneus scotchés dans la trace de prédécesseurs tout autant malchanceux. Sans rallumer la radio, elle comprit qu'elle passerait la nuit ici, piégée avec des milliers d'autres personnes dans cet immense embouteillage. La plupart des usagers bloqués, avaient stoppé leurs moteurs, et chacun semblait s'organiser comme il le pouvait pour passer une nuit dans le froid. Elle tourna sa clé de contact, le thermomètre affichait - 4°, elle frissonna.

Le sol restait glissant, et rendait les excursions pédestres encore plus périlleuses que la dernière fois où sa vessie l'avait obligée à quitter son abri forcé. Camille marchait avec prudence, tout en observant les individus dans leurs voitures. L'exode devait tout à fait ressembler à cet ahurissant spectacle.

— *La guerre en moins, donc tout va bien,* indiqua Off.

Il y avait ceux qui dormaient la tête en arrière, la bouche ouverte. D'autres se trouvaient recroquevillés à plusieurs sur la même banquette, pour se tenir chaud. Certains, des habitués de la montagne, sans doute, disposaient de couvertures de survie reconnaissables à leur aspect métallique or ou argent. Camille aperçut une Croix-Rouge sur le blouson d'un homme penché sur la vitre d'une portière, elle s'approcha.

— Bonjour...

— *Ou plutôt bonne nuit, non ?* précisa Off... *Et même* nuit *tout court, c'est encore mieux, le* bonne *n'est pas à sa place...*

Le jeune homme se retourna, lui adressant un faible sourire.

— Oui madame ? Vous avez besoin de quelque chose ?

— *Un télétransporteur pour rentrer chez moi et me mettre au chaud sous ma couette ! Vous avez ça en stock ?* dit Off avec la voix de M. Spock.

— Vous faite partie de la Croix-Rouge ? demanda Camille, au garçon qui hochait la tête à l'affirmative. Avez-vous des informations sur un éventuel déblocage de la situation ?

— Je suis désolé, mais nous n'en savons pas plus que vous.

Camille le dévisagea, alors que Off enviait le capitaine Kirk d'avoir le vaisseau *USS Enterprise* à sa disposition dans les moments critiques.

— Nous distribuons des boissons chaudes et des couvertures au péage, dit le garçon d'un air impuissant face à la tournure des événements.

— Je vous remercie, ça ira pour moi, répondit Camille en reprenant sa lente marche vers le bord de l'autoroute.

Elle crut entendre l'autre lui souhaiter « bonne nuit », mais ne se retourna pas pour empêcher Off de se laisser aller une nouvelle fois sur sa perception du mot *bonne*. La rambarde métallique séparant l'autoroute de l'extérieur était en vue. Ici, il y avait ce qui devait être d'ordinaire, un parking. Camille se retourna pour visualiser son trajet et l'endroit où se trouvait sa voiture. L'espace entier du péage était devenu une immense aire de stationnement.

— *T'imagines les espaces alentour ! Ils doivent ressembler à un gigantesque WC,* ironisa Off.

— On va essayer de ne pas s'en mettre plein les chaussures ! Et de ne pas attraper un rhume de fesses !

Elle fit sa pause technique à proximité d'un champignon qui n'avait pas été prévenu de la vague de froid.

— *Pauv' bête,* rigola Off sans pitié, puis elle amorça son retour vers la voiture.

Une portière venait de s'ouvrir laissant s'échapper les pleurs d'un enfant.

— Calme-toi mon chéri, tu es fatigué, il faut dormir et après on pourra partir et rentrer à la maison.

— Mais je veux rentrer maintenant, disait la petite voix dans un sanglot.

— Z'ai faim... renchérit une autre voix, bientôt suivie d'un « j'ai froid, et j'ai envie de faire caca », qui poussa Camille vers le véhicule qu'elle venait de reconnaître.

— Bonsoir, je peux vous aider ? demanda-t-elle à la jeune femme aux trois enfants.

Off intervint illico pour manifester sa surprise.

— *Trois gosses d'un coup ! t'es sure que ça va être possible ?*

Le regard franc et interrogateur qu'elle croisa, renvoya la première remarque de Off aux oubliettes, lui substituant dans la foulée un *avec des yeux comme ceux-là, ça va le faire c'est certain...* La nuit devint soudain plus sucrée. Les enfants s'étaient tus et fixaient Camille de leurs grands yeux ensommeillés, alors que la jeune femme, qui devait être leur mère, la regardait d'un air étonné et incrédule.

— Oui, répondit-elle après avoir rapidement jaugé le pour et le contre. Quel est votre prénom ?

— Camille.

— Les enfants, c'est Camille. Camille, voici Manon, Jim et Théo, dit-elle en désignant à tour de rôle chacun des bambins. J'emmène Théo faire caca derrière la voiture, et Camille va rester près de vous pendant ce temps. Merci, continua-t-elle du même ton décidé, tout en sortant de l'auto et prenant dans ses bras un petit garçon à moitié endormi. Nous n'en avons pas pour longtemps.

Camille s'installa sur le siège passager, à peine dix secondes plus tard, Bébé Jim dormait et Manon avait décidé que sa nouvelle place dans la voiture était dans les bras de Camille.

— Tu crois qu'on va rester là pour touzours ?

Camille regarda l'enfant lovée contre elle. Il fallait trouver les mots pour la rassurer, et elle ne savait pas ce que l'on pouvait dire à une enfant de 6 ou 7 ans, dans pareilles circonstances.

— *Et maintenant ?* demanda Off sans humour.

— On va pouvoir partir quand il fera jour, hasarda-t-elle sérieuse.

— C'est quand le zour ?

— *Alors Super-Camille, qu'est-ce que tu réponds ?... Et, trouve-nous autre chose que « bientôt »,* minauda Off.

— Il faut que tu dormes un peu, et après ce sera le jour.

— Oui, mais avant, z'ai faim... et puis là, il fait froid.

— J'ai un paquet de gâteaux dans ma voiture. Dès que ta maman revient, je vais aller le chercher.

— C'est Louisa…

La portière venait de s'ouvrir laissant paraître la jeune femme nommée Louisa.

— Louisa… Cami' elle a des gâteaux dans sa voiture…

Le regard observateur de Louisa se posa ne nouvelle fois sur Camille alors qu'elle installait Théo dans son siège.

— Z'ai faim… et Z'ai froid, poursuivit Manon inlassablement en se collant contre Camille, qui ne savait plus quelle attitude adopter face à l'enfant.

— Il faudrait que je puisse trouver une couverture… pouvez-vous patienter encore avec eux, le temps que j'aille jusqu'au péage ?

— Vous n'avez pas de chauffage ? demanda Camille sceptique, en se rendant compte qu'elle n'avait pas eu chaud en attendant le retour de la jeune femme.

— En fait, je ne peux pas laisser tourner le moteur, car je suis au bord de la panne d'essence.

— Ah… Je vois…

— Cami' elle a des gâteaux dans sa voiture, coupa Manon, qui ne perdait pas le fil de sa faim.

— J'ai aussi une couverture et du chauffage.

Camille se tourna vers Louisa qui hésitait devant l'offre qu'elle venait de comprendre.

— Vous êtes certaine ? Nous sommes assez encombrants…

— Il y a de la place pour tout ce petit monde, et vous serez mieux qu'ici.

— Dis oui… supplia Manon, en se blottissant contre Camille.

— Allons-y, répondit celle-ci, souriant malgré elle devant la mine de circonstance de l'enfant. Je prends Jim et ses affaires, Théo tu vas avec Camille. Toi Manon, tu es la plus grande, il va falloir que tu marches.

— Moi, z'en ai marre des fois d'être touzours la plus grande.

— Chérie. S'il te plaît…

La gamine ne répliqua pas. Elle agrippa l'une des jambes de Camille qui venait de se lever et de prendre Théo dans ses bras.

— *Je suis impressionnée !* s'exclama Off sans retenue, arrachant un rictus narquois à une Camille point accoutumée à ce genre de situation.

Louisa avait attrapé le bébé emmitouflé dans une épaisse polaire. Sa cagoule ne laissait voir que ses deux yeux toujours fermés. Jim dormait insensible au mouvement.

— Jim, le dormeur, précisa Louisa, en adressant un regard empreint de tendresse à l'enfant.

Ses yeux encore plein de sentiments croisèrent ceux de Camille.

— Merci, continua-t-elle, simplement.

— De rien, répondit Camille, presque troublée par cet échange anodin.

Elle s'accrocha à Théo comme à un principe de réalité.

— *Eh oui… La belle dame a trois enfants ! … ça fait au moins trois de trop pour toi…* fit Off déguisée en écho de montagne.

La troupe arriva sans précipitation ni encombre, jusqu'à la voiture. Louisa aida les enfants à s'installer, pendant que Camille rallumait le moteur pour permettre la mise en route de l'air conditionné. Le paquet de gâteaux fut englouti sans attendre, et la bouteille d'eau largement entamée. La banquette arrière était assez spacieuse pour accueillir les trois bambins et leur permettre de s'allonger. L'excitation du maigre repas céda vite le pas à la fatigue et ils s'endormirent sans un mot, leurs têtes dépassant à peine de la couverture. Camille regardait Louisa à la dérobée. Maintenant que le sujet *enfant* n'était plus entre elles, comment allaient-elles meubler le silence ? Louisa apporta une réponse immédiate en fermant les yeux. Sa tête pencha sans retenue en direction du siège conducteur, dans une pause de somnolence. Sa main, placée sur l'accoudoir central, parut se détendre et bascula sur le bras que Camille tendait en direction de la radio.

La musique en sourdine accompagnait les lentes respirations des nouveaux passagers. Camille regarda tour à tour les enfants et leur mère en s'attardant, à la grande joie de Off, sur cette dernière.

— *Tu as raison. Elle est pas mal.*

Camille détourna les yeux de peur que sa pensée ne soit entendue par la jeune femme. Celle-ci dormait, ses longs cils noirs immobiles. Camille reprit son observation, pour revenir, au final, à sa conclusion de départ.

— *CQFD,* crut bon de rajouter Off.

Elle se cala dans son siège en prenant garde de ne pas toucher la main qui pendait au-dessus de sa cuisse. Camille sourit. Elle ne pouvait pas se rendormir. Elle se sentait responsable de toute cette petite famille qu'elle venait d'accueillir dans sa voiture. Elle avait l'impression d'être sur un minuscule îlot, ou plutôt dans un vaisseau égaré au milieu d'un univers hostile. Elle montait la garde sur le pont, prête à défendre la veuve et l'orphelin d'une attaque des pirates de l'espace.

— *Et tu fais quoi, au moment de l'assaut ?* demanda Off prête à jouer le jeu.

— En fait, on ne peut pas se faire aborder, car mon appareil a des détecteurs d'approche d'ennemis...

— *La vache !*

— Au moindre signal, les boucliers repoussoirs se mettent en action...

— *(...)*

— Et si l'ennemi insiste, on passe en vitesse lumière, et hop !... plus personne. On est déjà à l'autre bout de la galaxie.

— *Ah ouais, pas mal... Je ne savais pas que ESP voulait dire « Équipement Spatial de Propulsion ». Dommage qu'il soit en panne...*

— Très drôle...

— *Et sinon, dans le genre comique, y'a un endroit prévu pour changer les bébés dans ton zinc ?*

— Ah non… Pas ça…

Camille pivota en direction de l'effluve que son cerveau venait de relayer à son nez, lui infligeant un prompt retour sur terre.

— *Ben si… J'ai comme l'impression qu'il y a peut-être eu lâchage dans une couche derrière… Si tu vois ce que je veux dire.*

L'enfant avait à peine remué, et personne d'autre qu'elle ne semblait se soucier de l'émanation en provenance de la banquette arrière.

— Tant qu'il ne bouge pas et qu'il ne hurle pas, ça ne doit pas être trop grave… Faites des gosses ! qu'ils disaient dans le manuel, marmonna-t-elle entre ses dents.

Pour éviter de focaliser sur l'idée associée à l'odeur, elle se concentra sur la main immobile de Louisa. Ses doigts bien proportionnés semblaient posés sur un objet invisible. Un simple anneau ornait son annulaire, ressemblant à celui qu'elle aurait aimé pouvoir offrir, dans une autre vie. Sans doute Madeleine ne l'aurait-elle pas accepté, ce genre de présent avait une signification que l'on ne pouvait pas dissimuler. Camille s'enfonça dans son siège, et tourna la tête vers la vitre. Une légère condensation s'était formée, signe d'une activité de redoux de l'intérieur de l'habitacle. Elle dessina un soleil sur le carreau. « C'est la nuit, qu'il est beau de croire à la lumière ». Cette pensée d'Edmond Rostand lue dans un recueil de citations, lui revint en mémoire. Elle lui inspirait le dépassement de soi face à l'adversité. La buée forma une mince goutte en forme de larme, sur l'une des branches de l'astre diurne.

— Ne pleure pas celle qui n'est plus là, au contraire, réjouis-toi de l'avoir tenue dans tes bras, murmura-t-elle tout bas.

— *C'est pas un peu ecclésiastique comme formule ?* demanda Off qui ne voulait pas céder à l'expression déguisée du cafard.

— Je sais qu'elle vit là-bas, et je souhaite de tout mon cœur qu'elle soit heureuse.

— *Bon, bé voilà... Tout est dit,* poursuivit Off qui voulait conclure.

Ses pensées dérivèrent de nouveau vers celle qu'elle avait aimée.

L'enveloppe en papier kraft marron n'attira pas l'attention de Camille, qui l'oublia une nuit avant de l'ouvrir en prenant son petit déjeuner. Lorsqu'elle regarda la provenance du courrier, le compostage américain la surprit. Elle reconnut son nom, son adresse et le graphisme penché de Madeleine. Ces tempes relayèrent à son cerveau le tintamarre qui résonnait dans son cœur. Elle extirpa une première page sur laquelle une phrase dactylographiée disait : *cette lettre est pour toi.* Camille incrédule contemplait à présent la missive posée sur la table à côté de son bol de thé. Elle hésita. Cela faisait plus de neuf mois que Madeleine avait quitté la France, direction les États-Unis, où son amie et elle s'étaient installées. Comme elle l'avait promis avant de partir, Madeleine donnait des nouvelles régulières via Internet. Dans un premier temps, Camille avait écrit en retour du mieux qu'elle pouvait, sur un ton qu'elle voulait toujours enjoué. Puis, elle avait ralenti le rythme de ses réponses, il était inutile de se faire du mal. Cependant, elle ne pouvait pas se défaire de ses sentiments envers Madeleine, sous la simple impulsion de la raison. Il lui fallait du temps. Elle savait qu'un matin au réveil, la brûlure qu'elle avait sur le cœur se serait estompée comme par magie, au cours de la nuit. Qu'elle pourrait appuyer dessus à coup de pensées en forme de retour en arrière, sans que son regard ne se voile. À peine un brin de mélancolie, qui cèderait bientôt la place à la joie du souvenir de jours heureux. Elle déplia le deuxième feuillet remplit de l'écriture de Madeleine.

« Camille, ma Camille,

Une fois n'est pas coutume, je prends le stylo pour t'écrire. Là où je suis actuellement, je n'ai pas d'ordinateur connecté au net. Je séjourne pour une huitaine dans un chalet en montagne. Ici les paysages sont grandioses. Ma Camille, je voudrais que tu sois là pour que nous partagions ces merveilles de la nature. Il n'est pas une journée sans que je ne pense à toi mon cher ange. Toi de qui je n'ai plus de nouvelles. Tu fais partie de moi. Pardonne-moi, pour ces mots, j'espère que tu ne les jugeras pas déplacés, compte tenu du contexte. Je n'ai pas eu le courage de t'appeler avant mon départ ni depuis d'ailleurs, et je le regrette. J'ai peur que tu me juges, que tu penses que j'ai triché. Pourtant tu m'as toujours dit que tu serais là quand j'en aurais besoin et je l'ai cru. Je sais que tu es loin, et que c'est très égoïste de ma part de t'écrire comme ça. Tu me manques pourtant. J'ai parlé à Jane de notre histoire. Elle m'a répondu qu'elle avait compris que j'avais une liaison. Qu'elle ne m'en voulait pas. Qu'elle n'avait pas été très présente ces derniers mois. Elle a tout fait pour me rassurer, alors que j'avais l'impression de lui faire du mal. Il fallait que je lui dise la vérité, pour être tout à fait honnête avec elle... et avec toi, quelque part... car je ne peux renier ce que nous avons vécu.

Je voulais que tu saches que tu es dans mon cœur, pour toujours. Tu m'as aidée, sans le savoir, à de nombreuses reprises. Grâce à toi, j'ai pu continuer à avancer. Pour tout ça, je veux te dire merci. Et si nos vies continuent sur des routes différentes, ce n'est pas pour autant que je t'oublierai.

Je t'embrasse et je te serre fort dans mes bras.

Madeleine. »

Camille avait lu d'une traite, et sans sourciller. Elle plia les pages posément, et les remit dans leur enveloppe. Elle ne répondrait pas à la missive. Madeleine pouvait continuer d'avancer sur son chemin, accompagnée de son amie. Camille songea que Madeleine, malgré ses contradictions avait fait son choix et qu'il n'y avait plus rien à en dire. Elle gardait une place dans le cœur de son ex-amante, puisque c'était écrit sur le papier. Elle ne considéra pas cette information comme une consolation, mais plutôt comme un état de fait.

— *Tu as découvert le dépassement de soi,* affirma Off, qui commençait à avoir chaud.

Camille imprima un coup sec sur le bouton de la vitre et s'octroya un centimètre de bouffée d'air froid.

— J'ai appris qu'il faut croire, faire preuve de volonté et de respect.

— *Persévérance ?*

— Ouais. Je le maîtrise bien celui-là maintenant.

— *Et si on disait qu'on dormirait et qu'après on irait refaire le monde ?*

— On verra si mon interlocutrice d'à côté est prête à s'engager sur la voie du troc d'idées.

— *Elle a déjà fait trois gosses ! On va peut-être pas trop lui en demander.*

— Je suis grave des fois ! jugea Camille sans se retenir de sourire.

Elle ferma les yeux et se laissa gagner par la somnolence. Sans qu'elle ne s'en rende compte, son corps glissa vers l'accoudoir. Son épaule droite rencontra la tête penchée de sa voisine. Off ouvrit une fenêtre virtuelle dans sa conscience qui lui permit d'appréhender la position des deux femmes dans le véhicule. Camille s'endormit l'esprit serein et la bouche ouverte.

Elle volait dans les airs tel Superman, lorsqu'elle sentit une légère secousse sur son bras. Elle ouvrit les yeux et aussitôt la situation dans laquelle elle se trouvait lui revint en mémoire. La tête de Louisa reposait sur son épaule. Une petite voix murmura à son oreille.

— Cami' z'ai envie de faire pipi.

— *Ça me concerne ?* marmonna Off, avant de se prendre une claque virtuelle.

Camille essaya de se dégager de sa posture sans

réveiller sa passagère. Celle-ci, qui devait avoir senti un léger à-coup sursauta et ouvrit les yeux. Elle tourna son visage en direction de l'enfant.

— Qu'est-ce que tu veux chérie ? demanda-t-elle à Manon d'une voix douce et pleine de sommeil.

— Ze veux faire pipi...

Louisa se redressa. Son regard croisa celui de Camille.

— Je crois que j'ai dormi, la tête sur votre épaule... affirma-t-elle en rougissant.

— Oui, j'en ai comme l'impression.

— *Trop bien !* renchérit Off

— Excusez-moi. Je suis vraiment désolée. Je me suis assoupie sans m'en rendre compte, et...

— Ce n'est pas important...

— *Que tu dis !* ricana Off.

— Par contre, je crois que Manon a très envie de faire pipi, continua-t-elle, en montrant la petite fille qui se dandinait, une main coincée entre les cuisses.

Louisa sortit de la voiture et prit Manon dans ses bras, pour l'aider à se soulager.

— Il fait meilleur ici ! s'exclama-t-elle à voix basse en regagnant l'habitacle.

Elle installa Manon entre ses frères en faisant attention de ne pas les réveiller.

— Tu vas te rendormir ma puce.

— Z'ai plus sommeil.

— Mais si. Regarde, les garçons dorment.

— Ze suis pas un garçon.

Camille sourit à la répartie, tout en continuant d'écouter Louisa parlementer sans impatience sur les bienfaits du sommeil et l'obligation de se reposer. Manon, les paupières lourdes, renonça, après s'être fait promettre qu'elle serait la première à être réveillée lorsque l'on partirait. Louisa guetta les signes de somnolence avant de se réinstaller confortablement.

— Quelle galère tout de même ! dit Camille tout bas, les enfants seraient mieux dans leur lit.

— Ça aurait pu être plus pénible pour nous si tu ne nous hébergeais pas, relativisa Louisa, qui avait employé le tutoiement avec naturel.

— On peut le voir de cette façon. Mais je trouve impensable qu'une telle conjoncture n'ait pu être évitée. Comment font-ils dans les pays couverts de neige six mois par an !

— Ils ont dû être dépassés...

— C'est le moins que l'on puisse dire. Enfin, comme aurait commenté mon grand-père, on n'avait qu'à pas se trouver ici.

— C'est réducteur, mais pragmatique. Pourquoi es-tu dans cette galère ?

— Je devais faire l'aller-retour dans la journée. Ma grand-mère est décédée cette semaine, et les obsèques se déroulaient en début d'après-midi... Hier, répondit Camille en regardant la pendule qui affichait 3 h 51.

— Désolée, continua Louisa avant de marquer un temps d'arrêt. Et nous qui sommes là à squatter ta voiture... Je veux dire... Tu aurais préféré rester tranquille...

— Votre présence ne me dérange pas.

— *Au contraire... Même avec trois gosses, trop sympa la squatteuse !* crut bon de rajouter Off.

— Et toi, qu'est-ce que tu faisais sur cette route ?

— Je suis allée chercher les enfants en vacances chez mes parents, dans le Berry. Ce devait être une formalité. C'est raté !

— Quel âge ont-ils ?

— Manon 6 ans, Théo 4 et Jim 18 mois.

— *Et elle... Elle a l'air jeune pour avoir, déjà, autant de marmots,* commenta Off en sourdine.

— Ils sont mignons dans l'ensemble, poursuivit Louisa.

Off se lâcha.

— *Tu parles ! Elles disent toutes ça... Leurs petits, c'est toujours les plus beaux, les plus machins, les plus trucs...*

— Ils ont l'air… calme, essaya Camille, ne sachant pas quel adjectif convenait.

— *Quelle objectivité !* ironisa Off.

Louisa se mit à rire doucement.

— Surtout quand ils dorment. Nous avons de la chance, car j'ai l'impression qu'ils ont compris que la situation était critique.

— De vrais petits anges ?

— N'exagérons pas ! … De plus, la nuit n'est pas terminée.

Off fit la grimace.

— *T'as raison ! Le pire peut encore arriver, on est pas à l'abri d'une cata ! D'ailleurs, ce serait bien si la maman pouvait aller jeter un coup d'œil dans la couche du Jim !*

Camille haussa les sourcils sur la réflexion qu'elle venait de se faire. L'enfant dormait, et ce n'était sans doute pas le moment de le réveiller.

— Tu veux que je baisse le son ? continua-t-elle en regardant Louisa.

— Ce n'est pas la peine. Autant profiter du fond musical. D'ailleurs c'est sympa, c'est quoi ?

La voix féminine distillait un « *Come away with me, in a night* » qui collait d'une manière presque irréelle à ce qu'aurait pu être la situation dans un autre contexte.

— *Dommaaage…* bégaya Off.

— Norah Jones, répondit Camille en baissant les yeux.

— Elle a une voix superbe. En plus, c'est marrant, je trouve que la mélodie est en harmonie avec l'ambiance dans laquelle nous nous trouvons.

— *Ah… Et tu veux pas que je te fasse une traduction des paroles pour voir à quel niveau on se situe dans la stratosphère…* commença Off.

— Le texte est très beau lui aussi, continua Louisa.

— *J'ai rien dit… J'ai pas pensé… J'étais même pas là…* conclut Off en s'enfuyant.

La conversation s'engagea sur leurs goûts musicaux respectifs. Camille passa sa discothèque en revue tandis que Louisa complétait la liste, de ses préférences. De la musique, on passa à la gastronomie. Elles rirent ensemble de cette façon qu'avaient les Français de parler de bouffe en toutes circonstances.

— Dire que d'habitude, lorsque je vais chez mes parents, je rentre à Paris avec une quantité non négligeable de provisions. La dernière fois, j'avais même du champagne.

— Il aurait été très frais, dit Louisa, que la remarque amusait.

Elles continuèrent sur les spécialités culinaires qu'elles appréciaient, et s'échangèrent leurs bonnes adresses de restaurants en région Parisienne.

Parce qu'on en vient toujours à cette question à un moment ou un autre dans une rencontre, Louisa demanda à Camille qu'elle était son activité professionnelle.

— *Je suis contrôleuse des travaux finis,* répondit Off sans rire.

— Je travaille dans un cabinet d'architectes. Je m'occupe de la vérification et de la réception des ouvrages, une fois qu'ils sont achevés.

— Jamais entendu parler. Ce n'est pas un métier très courant pour une femme.

— C'est exact. Il n'y a que des hommes. En ce qui me concerne, je suis tombée dedans quand j'étais petite, mon père était contremaître de chantier. J'ai vite voulu porter un casque, comme lui. Et toi, qu'est-ce que tu fais ?

À l'instant même où elle posait la question, Camille s'entendit penser « Tu es vraiment trop conne ma fille. Tu imagines ce qu'elle fait comme super boulot avec trois marmots à charge ! ». Elle écouta Louisa lui répondre qu'elle était graphiste dans une boîte de pub.

— C'est un milieu que je ne connais pas du tout, enchaîna-t-elle avant que Off ne fasse une remarque pertinente du style : *Comment fait-on pour bosser, quand on a trois gosses ?*

— Tu ne perds rien. La pub, c'est pourri. D'ailleurs j'envisage de mettre les voiles sans tarder.

— Tu as d'autres idées ?

— J'ai un contact avec une société spécialisée dans les effets spéciaux pour les films. Ça me changerait des boîtes de camembert ou des paquets de lessives.

Devant la curiosité de Camille, Louisa expliqua son job en détail. C'était une passionnée. Camille apprécia l'humour un brin sarcastique qu'elle mettait dans la description du milieu dans lequel elle évoluait.

— Dans cette entreprise, les meilleures créatrices sont des femmes. Par contre, pas question de nous mettre à des postes clés. On sait faire, mais on ne doit pas penser. Pour corser l'ambiance et à fréquence régulière, on a droit à de bonnes rivalités typiquement féminines. Machine qui lorgne sur machin, alors que machin est avec bidule, truc qui coucherait volontiers avec machine, etc... Tu ne dois pas profiter de ce genre d'histoire dans ta profession ?

— C'est différent en effet. La difficulté, c'est plus de s'imposer en tant que femme faisant un métier d'homme. La parité est un mot qui n'a pas encore été inventé dans ce milieu. Il faut faire preuve de caractère, et être meilleure que les autres.

— J'en arrive à croire que c'est un peu comme ça partout. Fort heureusement, il n'y a pas que le travail dans la vie.

Louisa enchaîna sur les voyages. Elle avait visité plusieurs pays étrangers d'Amérique du Sud et d'Asie, et elle connaissait la Grèce. Ce fut le point de départ d'un dialogue qui dura plusieurs heures. Elles revisitèrent ensemble la sauvage Cythère, la blanche Sifnos, l'abrupte Karpathos, les falaises crayeuses de Milos, le bleu d'Amorgos, les ruines de Delphes, les montagnes de Chios. La nuit se réchauffait, au rythme d'un lointain *rebetiko* plaintif. Camille sentait presque l'odeur du thym et de l'origan séchés par les rayons d'un soleil généreux. Les bleus de la mer envahissaient son esprit. Emportée dans son élan, elle raconta Mytilène, son île de cœur. Elle s'attarda sur les pistes devenues des routes au fil des années, sur l'accueil incomparable des gens de là-bas. Elle expliqua la variété des paysages, des hauteurs de la forêt aux séquoias géants pétrifiés, aux plaines envahies d'oliviers millénaires, en passant par les espaces vertigineux tombant dans les flots couleur lapis-lazuli. Louisa l'écoutait sans l'interrompre.

— C'est pour moi, une île magique.

— Tu l'évoques avec émotion, tu me donnes envie d'y aller. Cette île a un autre nom n'est-ce pas ?

— *Elle sait ça ?* demanda Off en sursautant.

Louisa ne connaissait pas Lesbos, mais elle en avait entendu parler à l'occasion d'une étude sur la qualité des eaux dans le bassin méditerranéen.

— *C'était sûr qu'elle ne pouvait pas avoir lu les poèmes de Sappho,* conclut Off en faisant la moue.

Il ne faisait pas encore jour et les enfants dormaient à poings fermés. Louisa les regarda un court instant puis se retourna vers Camille.

— Il va falloir les réveiller. Je n'aime pas faire ça. Ils ont l'air tellement heureux. En plus, ma voiture va être un vrai congélateur. Rien que d'y penser, j'en frissonne.

— On va d'abord écouter la radio. On ne sait jamais.

Camille joignit le geste à la parole, et bientôt la voix de la désinformation d'*Autoroute FM* résonna dans l'habitacle. Une reprise progressive était annoncée au kilomètre 7.

— D'ici que les effets arrivent jusqu'à nous, je pense que tu as le temps d'aller faire chauffer ta voiture. Et pour l'essence, tu crois que ça va aller ?

— Aucune idée. Tu peux encore t'occuper des enfants en attendant ?

— Je crois qu'ils se gardent tout seul pour l'instant. Et puis, ça leur laisse un peu de sommeil devant eux.

— Je fais l'aller-retour...

— Ne t'inquiète pas, on est pas encore partis de ce trou. Donc vas-y tranquille. Je ne bouge pas !

Louisa ouvrit puis ferma la portière en douceur. Aucune paupière ne bougea. Camille la regarda s'éloigner d'un pas rendu hésitant par le verglas toujours présent, avant de disparaître dans la marée des voitures.

— Elle est sympa cette nana, médita-t-elle à voix basse.

— *Elle te plaît,* enchaîna Off sur le ton de la discussion.

— Elle est agréable.

— *... Et charmante... Et pas mal... N'est-ce pas ?*

Camille sourit. La situation lui semblait surréaliste. Elle avait dormi une heure tout au plus, avec trois mômes sur la banquette arrière de son véhicule et une inconnue à ses cotés. Elle inspecta le lit improvisé et écouta le tempo lent et régulier de la respiration des chérubins.

— *Ne me dis pas que tu les trouves trop mignons !* continua Off perplexe.

Camille répondit à sa voix intérieure sur le même ton.

— Et pourquoi ?

— *Parce que tu exagères ! Tu ne supportes pas les enfants à moins de cinquante mètres de toi !*

— (...)

— *Vouai... Sauf que y'a la maman...*

— (...)

— *T'as aucune chance... Avec trois mioches, tu imagines, elle est depuis longtemps perdue pour la cause !*

— On ne sait jamais...

— *Tu* dream *ma pauvre ! Non mais, tu te vois, avec trois enfants ! Le dernier a encore ses couches, assorties d'un paquet cadeau à l'intérieur !*

— Tu as raison, même en rêve, ce n'est pas possible.

— *À ce niveau, on appelle ça un cauchemar.*

— Tu pousses pas un peu là ?

— *Je ne fais que te répéter le fond de ta pensée.*

— On peut se tromper.

— *Cause toujours...*

— Il n'y a que les cons...

— ... *Qui ne changent pas d'avis. Oui on sait. Fastoche. Et sinon ?*

— Ben... Rien... Elle est très agréable cette nana.

— *Oui. On y est presque. Et c'est pas parce qu'elle est hétéro et que tu penses qu'elle aurait autre chose à faire dans la vie que de s'occuper de sa marmaille, qu'elle n'a pas le droit d'être fréquentable.*

— Ce sera un bon souvenir.

— *Voilà, voilà...*

Perdue dans ses pensées Camille ne vit pas Louisa revenir. Celle-ci ouvrit la porte avec délicatesse, laissant entrer l'air glacé. Elle s'assit sans bruit sur le siège passager, et regarda Camille, la mine déconfite.

— Il y a un problème.

— Que ce passe-t-il ?

— Ma voiture refuse de démarrer.

— Merde !

— *Chouette,* poursuivit Off tout à la perspective de continuer à profiter de la présence de la jeune femme.

Camille révisa mentalement ses connaissances en mécanique.

— L'essence ?

— La jauge est sur le quart.

— La batterie ?

— Le voyant s'allume et s'éteint.

— Le contact ?

— Rien ne se passe... Je tourne la clé, et il n'y a aucun son.

— Je cale. Mes limites sont atteintes. Relativisons, vous n'êtes pas à pied. Et dès que nous allons repartir, je peux vous conduire chez vous.

— C'est dingue, soupira Louisa.

— Il y a pire. Vu le contexte cela m'étonnerait que tu puisses te faire dépanner. L'important c'est que ton véhicule ne gène pas la circulation.

— Je crois que je suis garée sur un parking.

— Tu as d'autres bagages ?

— Non rien de plus que ce que nous avons ici.

Camille regardait Louisa qui avait l'air contrarié. Elle essaya de la rassurer.

— Tu es inquiète pour ta voiture ?

— Nous trouverons une solution plus tard. Heureusement que nous t'avons rencontrée.

— *Il n'y a pas de hasard,* chantonna Off en sourdine.

— Il est normal de s'entraider, poursuivit Camille.

— *Tu fais dans le social aujourd'hui ?*

Louisa regarda les enfants.

— Rien ne les perturbe, ceux-là. As-tu entendu d'autres nouvelles sur la reprise du trafic ?

— On ne devrait pas tarder à être fixées, répondit Camille en faisant un signe de la tête en direction du pare-brise. J'ai l'impression que ça commence à bouger.

Km 24 à km 7

Il était 8 h 00. Le mouvement ébauché une heure trente plus tôt au kilomètre 7 de l'A10 commençait à faire sentir ses effets secondaires. Camille débraya, passa la première et dégagea son véhicule de l'aire de parcage improvisée sur laquelle elle se trouvait depuis environ minuit. Elle zigzagua à deux à l'heure entre plusieurs voitures dont les propriétaires dormaient encore.

— Je n'arrive pas à y croire, dit Louisa en secouant la tête.

— Ne crions pas victoire trop vite. Nous ne sommes pas arrivés, ne serait-ce qu'à l'endroit ou les engins de sablage ont pu passer. D'ici là, le chemin reste long.

— Oui, mais on avance.

— *Bon sens de la déduction,* observa Off.

Le sol restait très glissant, et Camille redoubla de concentration. De longues minutes s'écoulèrent avant qu'elle ne réussisse à engager sa voiture sur l'une des quatre voies de l'autoroute, direction Paris. Les larges fossés étaient encombrés de véhicules qui ne semblaient pas pouvoir repartir de sitôt. Camille avait pensé, jusqu'à présent, que la gare de péage ressemblait à un immense cimetière de carcasses sur quatre roues. Le spectacle offert par l'A10, quant à lui, s'apparentait à une déclinaison de l'échouage des bateaux, à marée basse. Louisa observait elle aussi en silence le paysage ubuesque. Manon fut la première à se réveiller.

— Ze crois que Dzim il a fait caca dans sa couche...

— *Non, pas possible !* s'exclama Off. Enfin quelqu'un qui suit !

Louisa ôta sa ceinture de sécurité pour se pencher vers la banquette arrière où Jim s'agitait.

— C'était inévitable, dit-elle en se replaçant sur son siège.

Elle se tourna vers Camille qui fuyait son regard de peur de s'entendre répéter ce que Off, très en forme, venait de lui souffler.

— Il va falloir que je le change.

— *Gluppp !* fit Off rien qu'à l'idée.

La file de voitures restait compacte et après l'amorce d'un ralentit, le flot s'immobilisa de nouveau. Camille en profita pour intégrer la situation et reprendre ses esprits.

— Je pense que ce genre d'arrêt va se répéter. Manon peut passer à l'avant sans risque, et toi derrière pour t'occuper de Jim.

— Je propose que tu baisses les vitres, pour nous éviter les désagréments de l'opération.

Camille eut l'impression que Louisa se moquait d'elle, avec son sourire en coin. Toutefois, elle ne déclina pas l'offre, trop heureuse d'avoir sa bénédiction de mère de famille. Elle n'allait pas être obligée de supporter les délicieuses effluves en provenance des fesses du bébé. En experte, Louisa effectua le transfert de couche pleine à couche vide. Malgré les fenêtres ouvertes, Manon assise à côté de Camille, tenait son nez entre ses mains.

— Le caca de Dzim, y pue !

— Manon, s'il te plaît... Ce n'est pas la peine d'en rajouter, on a compris.

Louisa avait élevé la voix et la fillette baissa la tête sans rien répondre.

— Mission accomplie, annonça-t-elle deux minutes plus tard.

Elle aida sa nièce à regagner sa place, puis bascula le siège passager vers l'avant et sortit de la voiture. Le sac plastique et sa couche usagée furent stockés au frais, dans le coffre.

— J'ai mis le tout au congélateur.

Elle observait Camille d'un air triomphal.

— *Et un bon point pour la maman !* s'écria Off.

Les enfants étaient maintenant réveillés.

— *Et parfaitement opérationnels !* commenta Off en essayant de couvrir le brouhaha des petites voix.

Après « j'ai envie de faire pipi », on eut droit à « quand est-ce qu'on arrive », puis « j'ai soif », suivi de « j'ai chaud », complété par « j'ai froid ». Et en guise de bouquet final, le trio s'accorda pour conclure par « j'ai faim ».

Camille qui avait dû de nouveau stopper la voiture se dit, qu'elle n'était pas au bout de ses peines. En complément Off rajouta un *« c'est où qu'on débranche ! »* désespéré.

Louisa vint à la rescousse avec une idée de génie. À proximité de leur véhicule, se trouvait un autocar dont les passagers, qui étaient à l'extérieur, semblaient disposer de nourriture.

— Je vais aller voir, si ces gens peuvent nous dépanner d'un petit goûter.

Comme par miracle le silence revint, alors que les six paires d'yeux restaient rivées sur la silhouette de Louisa se dirigeant vers un éventuel pain au chocolat. La sonnerie du portable de Camille retentit au milieu d'un croissant virtuel.

— Je pensais tomber sur ta messagerie, dit Lulu surprise d'entendre son amie.

— Si tu préfères, je peux raccrocher…

— Oh là… Je te réveille en pleine mauvaise humeur ?

— Pas vraiment…

— Tu es rentrée tard chez toi ?

— Je ne suis pas encore arrivée…

— Non !!! C'est pas vrai ???

— Si, si. Tu as parfaitement entendu.

— Mais comment ça se fait ?

— J'ai renoncé à chercher les causes. Je me contente de gérer les conséquences.

— À qui tu parles ? demanda Manon qui s'était installée à côté de Camille sans demander la permission de passer à l'avant.

— À ma copine Lulu, répondit Camille, surprise par la question de la petite fille.

— Ben moi dans mon école, z'ai un garçon qui s'appelle Lucien, c'est aussi un Lulu.

— Je suis ravie de l'apprendre, dit la voix de Lulu dans le mobile. Tu fais garderie dans ta voiture ?

— Si tu savais… J'ai trois marmots en pension.

— Et où sont les parents ?

— Il y a juste la mère.

— C'est quoi cette histoire ?

— Ce serait trop long à expliquer. Je te raconterai plus tard.

Camille apercevait Louisa qui revenait avec un sac dans les mains.

— Je te rappelle dès que j'arrive.

— Tu as intérêt ! J'ai hâte de connaître les tribulations de Camille. À plus. Ciao.

Louisa avait récupéré plusieurs barres céréalières qui firent le délice des locataires de la voiture. Jim eut même droit à un berlingot de lait concentré, tandis que Théo et Manon se partagèrent une mini-brique de jus d'orange.

— *Le trajet peut reprendre. La marmaille est calmée,* annonça Off d'une voix solennelle.

Km 7
À fin du trajet

Le panneau affichant le kilomètre 7 était, comme ces congénères, placé entre les deux rambardes matérialisant le milieu de l'autoroute. Camille imagina sans peine le capharnaüm dans lequel avaient dû se trouver les automobilistes et les camionneurs restés bloqués des heures durant dans la cuvette naturelle.

— Évidemment, quand on voit la configuration des

lieux, et que l'on connaît l'état de la route, il n'y a plus de question à se poser, compléta Louisa.

Le nombre de poids lourds immobiles sur le bas-coté, traduisait la galère nocturne des usagers, à cet endroit. Une centaine de mètres plus loin, on pouvait constater que les services de Cofiroute avaient pu mener à bien leur tâche de déblayage. On roulait sur une voie, pareillement à une piste de ski de fond, en suivant la trace, et en s'appliquant à ne pas faire d'écart. La file s'étira, et la distance entre les véhicules se rallongea pour redevenir habituelle. La route était dégagée. On voyait le bitume. La petite compagnie demeurait silencieuse. Camille avait éteint la radio et suivait les indications de Louisa. Elle connaissait leur destination pour y être déjà passée, mais aussi parce qu'elle habitait à proximité. De grandes maisons en meulières bordaient les petites rues sinueuses. La voie sur laquelle elle engagea la voiture montait en pente douce vers le bois de Verrières. Les trottoirs, couverts de blanc, rappelaient que la tempête était passée par là, et les bonshommes de neige plantés fièrement dans les jardins estompaient le souvenir des problèmes de la nuit de blocus.

« On a presque l'impression d'avoir changé de pays », songea Camille en secouant la tête, c'est hallucinant.

— On arrive ! s'écria Manon, en montrant du doigt une maison coiffée d'une large toiture.

Camille se gara devant l'entrée du garage et stoppa le moteur. Elle se tourna vers Louisa.

— On dirait que c'est la fin du périple.

— *Déjà !* rajouta Off, un soupçon de contrariété dissimulé dans le point d'exclamation.

Un homme à l'allure sportive venait d'apparaître sur le perron, et se dirigeait vers la voiture d'un pas alerte.

— Voilà papa les enfants, dit Louisa en ouvrant sa portière.

— *Et en plus, ils forment un beau couple,* soupira Off au bord de la déprime.

Louisa attrapa Jim, puis aida Théo à sortir du véhicule. Manon, quant à elle avait opté pour les bras de Camille.

— Quelle aventure ! Ça va les enfants ? demanda l'homme serrant Théo contre lui.

— Salut Olivier, dit Louisa en l'embrassant sur les joues. Je te présente Camille, notre sauveuse.

Olivier s'approcha de Camille, en lui tendant la main. Puis voyant que celle-ci paraissait encombrée par sa fille, il se ravisa, et invita tout le monde à le suivre.

— Nous serons mieux au chaud, j'ai préparé le déjeuner. Lorsque Louisa m'a prévenu du blocus, j'étais inquiet qu'elle se retrouve seule à gérer ces trois-là.

— Sans l'intervention de Camille cela aurait été pire, rajouta Louisa en conviant celle-ci à la précéder.

— Merci à vous d'avoir recueilli tout ce petit monde, poursuivit Olivier à l'adresse de la jeune femme.

Arrivée dans l'entrée Camille posa Manon au sol.

— Tu viens voir ma sambre ? demanda aussitôt l'enfant.

Avant que Camille n'ait eu le temps de répondre, son père entraînait l'enfant à sa suite, tout en conviant Camille à leur repas de famille.

— Ça nous ferait plaisir que vous acceptiez de déjeuner avec nous.

Ce n'était pas une question. Camille regarda Louisa, pendant que Off préparait sa réplique.

— Je ne voudrais pas...

— Rien du tout ! coupa Louisa. Après, c'est promis, on te libère. Tu m'as dit que tu n'avais pas d'obligation. Et puis tu vas voir, Olivier est un excellent cuistot.

— *Bon alors, dans ce cas,* répliqua Off en sourdine.

Camille sourit à Louisa. Elle la voyait sous un autre angle, dans sa maison, enfants et mari réunis. Les cernes sous ses yeux accentuaient la profondeur de son regard. Camille les avait crus noirs, ils étaient plus proches du marron clair, avec un soupçon de vert.

— *Tout à fait charmante,* murmura Off.

— Mets-toi à l'aise et installe-toi, dit Louisa en montrant le canapé devant la cheminée. Je donne un coup de main à Olivier pour les enfants et on arrive.

— Je peux vous aider ?

— *À ton avis ? ça m'étonnerait que tu puisses être d'une quelconque utilité, vu tes hautes qualifications en la matière,* répliqua Off sans ménagement.

— Je crois qu'on va s'en sortir.

Louisa tourna les talons, après avoir adressé un large sourire à Camille. Elle resta seule dans la pièce. Elle posa son sac, se débarrassa de son manteau et de sa veste. La température était agréable, grâce aux bûches se consumant dans la cheminée. Camille s'avança vers le foyer, tout en détaillant les contours de l'endroit. Elle s'attarda sur un grand cadre dans lequel étaient disposées de nombreuses photos de famille. Son regard se fixa sur une photo de mariage.

— *Là forcément, ça casse le mythe !* railla Off sans attendre.

— Elle est mieux au naturel, répondit Camille à sa voix intérieure.

— *Tu parles ! La robe de mariée, c'est tellement seyant !*

— Ça aurait pu être pire.

— *T'as raison, elle n'avait pas de nœud-nœud dans les cheveux.*

— Il n'empêche, elle est quand même super sympa.

— *Voilà... Change de conversation.*

— C'est vrai, si je l'avais rencontrée dans un autre contexte...

— *Tu veux dire sans ses gosses ?*

— Oui aussi...

— *Arrête de rêver. Trois gosses + un mari, c'est même pas mission impossible, c'est la campagne de Russie selon Napoléon.*

— Je ne sais pas. Quand je regarde ses photos, elle a

l'air d'être à des années-lumière, pourtant, en réel, j'ai l'impression qu'elle est proche. C'est étonnant.

— *Ton cerveau est épuisé ma fille !*

— Oui je suis fatiguée.

Un bruit de pas fit sortir Camille de ses réflexions privées. Manon venait de la rejoindre. Elle était changée, et arborait sa nouvelle tenue avec fierté.

— Cami', papa m'a dit que je pouvais te faire voir ma sambre avant qu'on manze.

— *Pourquoi moi ?* soupira Off, avant de rajouter, *et elle est où ta maman ?*

Voyant qu'elle hésitait, Manon mit sa main dans celle de Camille.

— Tu veux bien ? demanda-t-elle, en lui adressant un regard de séductrice de 6 ans.

— *J'en reviens pas !* s'étonna Off.

— Et moi donc...

Ne sachant pas quelle autre attitude adopter, Camille suivit docilement la gamine jusqu'à sa chambre, à l'étage. La mansarde était aménagée avec la simplicité d'un lieu enfantin. Manon invita Camille à s'asseoir sur son lit et lui planta un livre dans les mains.

— Tu me racontes une histoire ?

— Allons-y pour une page. *On aura tout fait. Au secours !* risqua Off, tout en lançant un appel virtuel en direction de Louisa, ou au pire, du papa.

Camille commença le récit. *« Il était une fois, une coccinelle qui s'appelait Coquine. Elle avait une belle robe rouge... »*. Manon avait posé sa tête sur la cuisse de Camille. Elle suçait son pouce en tortillant une mèche de ses cheveux clairs. Camille continuait à voix basse la lecture du conte, en pensant qu'à ce rythme, l'enfant n'allait pas tarder à s'endormir et elle aussi par la même occasion. Elle ne vit pas tout de suite Louisa qui observait la scène avec attention. Celle-ci s'avança en souriant, et s'agenouilla en face de l'enfant et de sa lectrice. Elle posa sa main sur la joue de Manon et la caressa avec tendresse.

— Chérie, je crois que tu as sommeil. Je vais te coucher.

La petite fille ouvrit ses yeux avec difficulté.

— Cami' elle aconte bien les zistoi, répondit-elle sans enlever son pouce de sa bouche.

— Oui, mon cœur, mais Camille elle est fatiguée. Elle a beaucoup conduit, il faut qu'elle se repose aussi.

Louisa prit l'enfant et la glissa sous sa couette, avant de l'embrasser.

— Fais un gros dodo, chérie.

— M'oui... Cami', bisou.

À la demande de l'enfant, Camille déposa un baiser sur son front. Avant de suivre Louisa dans le couloir.

— Tu as une sacrée cote avec Manon !

— *Et avec toi ?* demanda Off un grain de timidité coincé dans la voix.

— Je ne le fais pas exprès. Je ne suis pas très douée en matière de gestion des enfants.

— J'avais cru remarquer. Tu sais, avec un peu de pratique, on s'habitue vite.

— *Ouais, alors là, j'en doute fort !* balança Off avec certitude.

— Si tu le dis, continua Camille peu convaincue.

— Ils dorment tous les trois. Ils sont tombés comme des masses. On va aller déjeuner, Olivier nous attend en bas.

Le maître de maison avait dressé le couvert sur la table ronde de la salle à manger. Il invita les deux femmes à s'asseoir sur le canapé devant la cheminée, et approcha une table basse sur laquelle était disposé un plat rempli de petits-fours fumants.

— *Une vraie perle ce garçon,* pensa Camille, avant que Off ne se déchaîne.

— Le temps que mon poulet achève sa cuisson, je vous propose un apéritif. Qu'est-ce qui vous ferait plaisir ?

Louisa opta pour une larme de whisky sans glace, suivie par Camille, qui songea qu'après, elle boirait de l'eau.

Olivier s'installa dans un fauteuil en osier en face d'elles. Et regarda intensément Camille.

— Je ne sais comment vous remercier pour ce que vous avez fait.

Camille était gênée. Elle n'avait pas l'impression d'avoir commis un acte exceptionnel en proposant son aide.

— N'importe qui en aurait fait autant.

— Ce n'est pas sûr, continua-t-il dubitatif. Puis, s'adressant à Louisa.

— Et ta voiture ?

— Elle a bel et bien refusé de démarrer. Sans Camille, on était dans la parfaite galère.

— On essaiera de s'en occuper dès demain matin, si les conditions de route le permettent. Tu peux te débrouiller pour être disponible ?

— Moi oui. Qu'est-ce que tu fais des enfants ?

— J'ai demandé à ma mère de venir pour la journée. On aura juste à poser Manon à l'école.

— Ok. Et Anne, quand sort-elle de l'hôpital ?

— Pas avant mercredi, les médecins veulent s'assurer qu'elle ne fait pas de rejet avec sa plaque.

— Elle n'était pas trop inquiète ?

Olivier n'eut pas le temps de répondre à la question posée par Louisa, il s'était levé pour aller répondre au téléphone.

— Excusez-moi. Ce doit être Anne.

Louisa se tourna vers Camille.

— Ça va ?

— Il ne faut pas se plaindre. On est mieux ici que sur l'autoroute.

Olivier réapparut peu de temps après avec un téléphone collé à l'oreille.

— Oui chérie... Pas de problème... Je m'en occupe. Ok... Je te passe Louisa. C'est Anne, elle veut te parler, dit-il en tendant le combiné à Louisa. Je prends juste quelques instants pour découper ma volaille, et je suis à vous.

Il disparut en direction de la cuisine. Louisa parlait sur un ton enjoué à la femme qu'il venait d'appeler « chérie », Camille se cala dans le canapé, ne sachant comment interpréter ce que Off avait déjà qualifié de scoop mortel.

— *Dis-moi pas qu'c'est pas vrai !* rajouta sa voix intérieure au comble de l'excitation.

Elle avala une dernière gorgée de whisky, en se demandant si elle n'allait pas en reprendre un sur le champ. Louisa lui tendit l'appareil.

— C'est ma sœur. Elle veut te parler.

— (...)

Camille se vit prodiguer une quantité impressionnante de remerciements pour avoir apporté son aide à Louisa, et permis aux enfants de passer une nuit confortable. Elle dut promettre de revenir à Verrières. Ce qu'elle fit sans difficulté, pour des raisons que Off se retînt d'avouer. Elle coupa la communication, alors qu'Olivier revenait au salon chargé d'un plat rempli de morceaux de poulet.

— Je vais chercher la purée, et on peut passer à table.

Camille regardait Louisa, attendant que celle-ci lui commente le véritable organigramme familial de cette demeure. Elle semblait vouloir faire durer le suspens, et se contentait d'afficher un air amusé. La purée arriva avant que Camille ne comprenne. C'est Olivier qui lui apporta les réponses.

— Si Anne ne s'était pas cassé la cheville, c'est nous qui aurions été bloqués cette nuit.

— C'est sûr, il valait mieux que ce soit moi, rétorqua Louisa en haussant les sourcils.

Camille eut du mal à contenir Off, qui commençait à saisir les subtilités de la situation et n'en pouvait plus d'exprimer sa joie.

— Ma femme a fait une chute avant-hier... J'étais moi-même en voyage professionnel... Enfin, Louisa a déjà dû vous expliquer.

— *Tu parles qu'elle m'a tout dit !* s'écria Off la mine goguenarde.

Louisa avait le nez plongé dans son assiette. Camille eut la sensation qu'elle se retenait de rire. Elle ne fit pas de remarque, et se contenta de trouver le repas délicieux.

Le café fut servi au salon. Comme Olivier s'était absenté pour aller réveiller les enfants, Camille en profita pour s'attarder sur la photo de mariage dans le coin du cadre. Cette fois, Louisa ne la laissa pas languir.

— Anne et moi, nous sommes jumelles.

— *Non sans blague !* applaudit Off.

— Je pense qu'elle a dû insister pour que tu reviennes ici quand elle sera sortie de l'hôpital ?

La phrase avait le ton d'une question. Camille décida de laisser patienter Louisa avant de donner une réponse. Une bombe à cheveux ébouriffés dévala les escaliers. Manon se planta devant Camille qui était en train de s'habiller.

— Tu t'en vas déza ?

Camille s'accroupit face à la petite fille.

— Il faut que j'aille chez moi.

— Tu reviens quand ?

— Quand maman sera rentrée à la maison, répondit Louisa, devançant la réponse de Camille.

Manon se jeta au cou de Camille.

— Ze t'aime beaucoup. Tu nous as sauvés.

— Moi aussi je t'aime beaucoup, tu as été très sage.

Camille se redressa et enfila son manteau, tandis qu'Olivier invitait ses deux garçons à lui faire une bise.

— Encore merci pour tout. Nous aimerions que vous reveniez nous voir, lorsque Anne sera sortie de l'hôpital. Elle souhaite faire votre connaissance.

Camille sourit à l'invitation.

— *Si elle veut te voir, tu ne peux pas refuser,* susurra Off, alors que Camille se tournait vers Louisa.

— C'est très gentil à vous, je viendrai.

— Nous vous appellerons dès son retour. Pouvez-vous nous laisser vos coordonnées ?

Olivier ayant les bras occupés, c'est Louisa qui se chargea avec une joie non dissimulée de noter le numéro de téléphone mobile de Camille.

— Merci pour votre accueil. À bientôt.

Louisa lui ouvrit la porte. Un vent gelé s'engouffra dans l'entrée.

— Bonne fin de route. Je serai là lors de ta prochaine visite, dit-elle en embrassant Camille sur les joues.

Camille releva son col et descendit les marches du perron. Le ciel était bleu glacier

— *Tu devrais te retourner,* proposa Off.

— Pourquoi ?

— *Pour voir si elle attend que tu le fasses.*

— Et après...

— *Petit pari stupide : si elle est toujours là, alors qu'il fait un froid de canard et qu'elle n'est pas très habillée, c'est que... peut-être...*

— Ouais... J'aime pas trop le coup d'Orphée.

— *T'es nulle avec tes histoires de mythologie.*

Camille s'arrêta à la grille et fit demi-tour pour adresser un geste à Louisa. Celle-ci lui rendit son signe, et attendit que la voiture grise ait disparu pour regagner la chaleur de la maison.

RETROUVAILLES

I

LE BATELEUR

La région parisienne était recouverte d'un épais manteau neigeux. Camille ne mit pas longtemps pour arriver jusqu'à son appartement qui se situait dans une ville voisine de celle qu'elle venait de quitter. Elle retrouva la tiédeur de son deux-pièces avec joie. Elle se sentait épuisée.

Une semaine de randonnée en montagne n'aurait pas pu me faire plus d'effet, pensa-t-elle en préparant un thé brûlant. Elle s'écroula sur le divan, avant de s'enfoncer dans le moelleux des coussins. Elle commençait à s'endormir, lorsque la sonnerie musicale de son téléphone mobile la ramena à la réalité. Elle décida de laisser sa messagerie récupérer l'appel, avant de se résoudre à s'extirper de sa confortable position, devant l'insistance de la personne qui cherchait à la joindre.

— C'est pas trop tôt ! Jamais tu réponds à tes messages ! dit la voix de Lulu sur le ton de l'humour.

— Quoi ?

— C'est bien Orange ton opérateur ?

— Qu'est-ce que tu me dis ?

— Donc, il suffit de faire trois fois 8... Et ensuite tu entendras une aimable opératrice qui te signalera que ton amie préférée, la seule, l'unique, t'as appelée à deux reprises...

— Désolée, je viens juste d'entendre...

— Je plaisante. Comment ça va ?

— J'étais en train de m'endormir, je suis nase.

— Oui. Le problème c'est que moi je suis curieuse... Alors ? C'est quoi cette histoire de mère de famille ?

— Trop long à raconter dans mon état actuel. Tu vas devoir être patiente.

Camille entendit son amie soupirer avant de se mettre à rire.

— Bon d'accord. Va vite dormir. Et appelle-moi demain sans faute.

— Demain, j'ai une grosse journée. Je te téléphonerai en soirée.

Elle raccrocha, et posa son Nokia sur l'écritoire, avant de se pencher pour ramasser un morceau de papier qui s'avéra être une carte de visite tombée de son sac. Camille découvrit, étonnée, quelques mots griffonnés au stylo-bille, suivis d'un numéro de portable : *« Si tu as envie de poursuivre la conversation entamée cette nuit. 06 84 30 27 40. »*

— De quoi on a parlé déjà ? se demanda Camille, que

la fatigue et la surprise empêchaient de réfléchir de manière cohérente.

— *On s'en fout !* s'exclama Off, au comble du ravissement. *Elle t'a donné son numéro perso ! C'est trop bon !*

Camille regardait incrédule le morceau de papier cartonné. Les nom et prénom de Louisa y étaient écrits en bleu avec son titre, et le logo de sa boîte, ainsi que les diverses adresses postales et mail habituelles.

— Et maintenant, qu'est-ce que je fais ?

— *Quelle question ! Tu appelles,* insista Off.

Camille se réinstalla dans son canapé, sans suivre le conseil de sa voix intérieure. Elle se sentait éteinte. Elle ferma les yeux, et repensa à la nuit passée en s'attardant sur le visage de Louisa. Surprenante Louisa.

***

Camille avait allumé le plafonnier, malgré son aversion pour les lumières directes. Il faisait sombre dans son bureau, et la luminosité de l'écran d'ordinateur ne suffisait pas à l'éclairage du clavier. Le dossier qu'elle devait rendre pour le lendemain était loin d'être complet, une heure de travail supplémentaire ne serait pas superflue. Elle pesta contre le manque de sommeil qui l'empêchait de se concentrer et de faire preuve d'efficacité. Pourtant elle avait accumulé les heures de repos en dormant plus de huit heures à chaque nuit de la semaine qui avait suivi son périple sur l'autoroute. Il allait lui falloir encore du temps avant de se remettre de celle passée au kilomètre 24 de l'A10. Elle n'avait pas rappelé sa charmante passagère, malgré une envie récurrente de le faire, relayée par l'insistance forcenée de Off.

Son mobile vibra, affichant un numéro inconnu. Elle hésita, et laissa la messagerie s'occuper de l'interlocuteur.

— Trop de boulot nuit à la communication, se dit-elle à voix haute, agacée par son inefficacité.

— *Pense que demain matin, tu vas te lever à 5 h 00*

pour aller prendre l'avion. Qu'après, tu as une heure de route avant d'arriver à Trifouillis-les-oies, en admettant que tu ne te perdes pas en chemin. Et que, accessoirement, il y a des problèmes de conformités dans les travaux qui ont été réalisés, rajouta Off en faisant la grimace.

— Je cache ma joie !

Après avoir décidé qu'il était inutile de continuer à produire de vains efforts à ne rien faire, elle consulta sa messagerie tout en rangeant ses affaires. La voix de Louisa parlait à son répondeur.

— Bonsoir, c'est Louisa... tu te souviens de moi...

— *Tu penses...*

— Je te téléphone pour te proposer un rendez-vous pour déjeuner chez ma sœur et mon beau-frère, à Verrières. Si tu es disponible sur l'un ou l'autre des deux week-end à venir. Ils seraient heureux... Ça ferait plaisir à Manon que tu viennes... Et... Moi aussi... Enfin, tu vois... On se rappelle. Salut.

Le message avait été écourté, Louisa ne souhaitant sans doute pas poursuivre le monologue.

— *Si tu cherchais une occasion plus admissible que celle de lui dire simplement que tu avais envie de la revoir... Ben voilà, elle te la sert sur un plateau... Qu'est-ce que tu attends pour la rappeler ?*

Camille avait déjà relancé le numéro affiché sur son portable.

— *Des jours que tu aurais dû le faire !* insista sa voix intérieure.

— Louisa, bonjour, c'est Camille. Je viens d'écouter ton message.

— Salut Camille, ça me fait plaisir de t'entendre. Comment vas-tu ?

Camille sentit à la voix claire et enjouée de son interlocutrice, que celle-ci était ravie de son rappel. Ces quelques mots venaient soudain de la ramener dans la chaleur et l'intimité de la nuit qu'elles avaient partagée sur l'autoroute.

— Bien merci. Un peu surbookée peut-être...

Camille hésita, elle ne voulait pas que Louisa pense qu'elle ne l'avait pas rappelée à cause de stupides histoires de boulot.

— Vous voulez me revoir alors ?

Elle imagina le sourire de Louisa à l'autre bout de la ville.

— On dirait, en effet. Tu es disponible dimanche prochain ?

Camille consulta mentalement son emploi du temps. Avec le voyage qui l'attendait, assorti de multiples allers et retours en voiture sur divers chantiers, elle douta de pouvoir être dans une forme olympique à cette date.

— Cela ne va pas être possible, par contre dans quinze jours, ça devrait le faire.

— C'est super ! répondit Louisa sans se départir de sa bonne humeur. Manon va être heureuse...

— *Et toi, ça te fait quoi de me revoir ?* murmura Off dans un souffle.

— Elle n'arrête pas de parler de toi... Tu es devenue son héroïne préférée.

— Les enfants exagèrent toujours...

— *C'est certain, pour ce que tu en sais !*

— Tu serais disponible d'ici là, en soirée ? demanda Louisa qui avait posé la question sans reprendre son souffle.

Camille hésita, tout en faisant défiler ses obligations professionnelles à venir. Toute la solidité de l'édifice qu'elle avait construit avec volontarisme autour de son célibat lui apparut soudain ressembler à une insupportable contrainte. Elle n'eut pas le temps de répondre. Louisa avait déjà interprété son silence comme un refus poli.

— La semaine c'est pas toujours facile avec le boulot, et tu dois être très occupée... On se verra à Verrières. À bientôt donc, et bonne soirée. Ciao.

— Oui... À toi aussi... Salut.

— *Je t'embrasse...*

Camille regarda le signal de communication se désagréger sur l'écran de son portable.

— Je suis nulle !

— *Je te le fais pas dire...*

***

Camille eut juste le temps de tendre sa main tenant le bouquet de fleurs devant elle, avant de recevoir Manon dans ses bras.

— Cami' !!!

— Salut Manon ! Tu es toute belle, dis donc.

— C'est mon dzoguine du père Noël.

Olivier, qui avait suivi sa fille, attrapa les fleurs que Camille était en train de laisser échapper.

— Manon, attention à ce que tu fais. Bonjour Camille, ravi de vous revoir parmi nous.

Il invita la jeune femme à le précéder, sans réussir à extirper Manon de ses bras.

— Jim et Théo sont chez mes parents, cette petite peste à refusé d'y aller. Elle nous a fait une comédie, pas moyen de la décider.

— Ze voulais voir Cami'.

— Oui chérie, on a compris.

Louisa venait d'apparaître dans l'embrasure de la porte.

— Bonjour. Je suis très heureuse de faire votre connaissance.

— *Raté !* s'exclama Off.

Voyant le temps d'arrêt marqué par Camille à l'arrivée de sa femme, Olivier fit les présentations.

— Voici Anne, dit-il en souriant.

— Enchantée, répondit Camille, impressionnée par la ressemblance entre les deux sœurs.

En se rapprochant, elle se rendit compte cependant qu'elles étaient différentes. Les cheveux, la couleur des yeux et une multitude de détails dans l'allure générale, montraient à Camille qu'il ne s'agissait pas de Louisa. Elle se surprit d'être capable de remarquer si vite ces signes de distinction.

— *Quel sens de l'observation !* balança Off à l'affût du moindre indice.

Voyant que Camille l'examinait, Anne aborda tout de suite le thème de la gémellité sur le ton de l'humour.

— On a passé l'age de s'habiller et de se coiffer de la même façon. Vous verrez, nos similitudes sont toutes relatives.

— Je le vois déjà, pensa Camille.

— *En fait, Louisa elle ne te regardait pas pareil,* commenta Off en sourdine. *Elle est où, d'ailleurs ? Elle n'avait pas dit qu'elle serait là ?*

Répondant à la question muette de Camille, un bruit de sonnette résonna dans la maison, suivi d'une porte qui s'ouvre.

— Je sais ! Je suis en retard... On a eu un suicidé sur la ligne de RER.

— Personne ne te fait de reproche, rétorqua Anne en embrassant sa sœur.

— Bonjour tout le monde. J'en ai marre de ne pas avoir de voiture.

Elle s'avança vers Camille qui tenait toujours Manon dans ses bras.

— Eh bien ! Je vois que tu as retrouvée ta copine. Tu vas peut-être la laisser respirer ? dit-elle en déposant un baiser sur l'une des joues de sa nièce.

Elle récupéra aussitôt l'enfant et la posa à terre.

— Attention, les filles sont envahissantes dans cette famille. Ça va Camille ?

— *Tu es superbe !* annonça Off au micro, en avalant sa salive.

Comme à l'occasion de son premier passage, Camille fut invitée à s'asseoir face à la cheminée pour un apéritif agrémenté au champagne. Manon avait décidé que sa place, à défaut de pouvoir être sur les genoux de Camille, se trouvait à côté d'elle, tout contre.

— Tu n'as pas l'impression d'être un peu collante, lui dit Louisa s'installant elle aussi sur le canapé.

— Cami', elle vient pas souvent.

Louisa se tourna en direction de Camille, tout en accompagnant la pression de son regard d'un haussement de sourcils évocateur.

— *La vérité sort de la bouche des enfants,* affirma Off l'air de rien.

Le déjeuner se déroula dans une ambiance cordiale et chaleureuse. « Je suis tombée chez des gens extrêmement agréables », pensa Camille à plusieurs reprises. Louisa, assise en face d'elle mangeait avec appétit, tout en discutant gaiement. Camille l'observait et Off en profita pour lui confirmer qu'elle avait bien fait de l'avoir rappelée. Dès son apparition dans l'entrée, elle avait su qu'elle voudrait la revoir. Encore.

— *Tu n'as qu'à le lui dire,* plaça Off au milieu de ses pensées.

— Oui c'est ça. Du style, Louisa, tu me plais et puis maintenant que nous avons dormi ensemble tête contre tête, on pourrait...

— *Il faut toujours que tu en rajoutes ! Je te rappelle que c'est elle qui a téléphoné la première, et encore elle qui a proposé un rendez-vous, pendant que toi...*

— Tu m'aides à débarrasser ? demanda Louisa à une Camille emmêlée dans ses raisonnements.

Olivier tenta de s'interposer, mais Camille avait déjà saisi une pile d'assiettes et l'occasion de suivre Louisa pour lui parler. Elles se retrouvèrent sans plus tarder dans la cuisine spacieuse. Le lave-vaisselle était rempli quand Camille se décida à lancer la question qu'elle tournait dans sa tête depuis cinq minutes.

— Tu as prévu quelque chose après ?

Louisa se redressa du placard dans lequel elle venait de plonger à la recherche d'une éponge.

— C'est pour une proposition ? demanda-t-elle l'air moqueur.

— Tu n'as pas de voiture... Alors, j'ai pensé que... Que je pourrais te raccompagner...

— Méfie-toi, ça pourrait devenir une habitude.

— *J'adorerais !* s'écria Off en sautillant.

— Tu habites où ?

— Paris XIe, vers le port.

— J'aimerais poursuivre la conversation entamée lors de notre nuit d'autoroute.

— Nous avons parlé de divers sujets...

— Il y en a un que nous n'avons pas eu le l'occasion d'aborder.

— *Là tu fais fort !* s'exclama Off. *Si elle te demande lequel t'es pas dans la merde !*

Louisa dévisagea Camille qui était adossée à la table de travail.

— Je pensais que tu n'avais pas envie que l'on se revoit...

— Pourquoi dis-tu ça ?

— Parce que je t'ai laissé mon numéro de téléphone et que tu ne m'as pas rappelée... Il a fallu que ce soit moi... Ensuite je t'ai fait une offre... sans succès...

— Je suis une grande timide...

— *Bien essayé... je doute que ça marche...*

— Il m'avait semblé que malgré la situation sur l'autoroute, nous avions passé des heures... comment dire... agréables ?

Les yeux de Louisa brillaient. Elle eut l'air d'hésiter, et la main qu'elle avait bougée ne termina pas le geste entamé.

— Et de quoi n'avons-nous pas parlé ? demanda-t-elle, un sourire au coin des lèvres.

Off commençait à faire des fouilles archéologiques dans son manuel du parfait sauvetage de la Camille en péril, lorsque Manon entra à son tour dans la pièce.

— Louisa ? Maman et papa y demandent si le café, il est prêt.

— On arrive chérie.

Elle désigna la cafetière à Camille, avant de prendre le plateau garni de tasses.

— Ce sera avec plaisir que je profiterai une nouvelle fois du confort de ta voiture, dit-elle à Camille en la suivant dans le salon.

Paris, bords de Seine

Il ne leur fallut pas plus de trois quarts d'heure pour arriver aux abords de la place de la Bastille. Les rares promeneurs marchaient d'un pas pressé dans la nuit froide de ce dimanche de janvier.

— Il n'y a guère que le Génie, qui s'accommode de la température en faisant le malin du haut de son perchoir, médita Camille, en suivant les indications de Louisa.

Elles avaient peu parlé durant le trajet. Louisa s'était abstenue, au grand soulagement de Camille, de la relancer sur la non-réponse à sa dernière question. Il n'y avait aucune place disponible à l'horizon et Louisa proposa à sa conductrice de se garer dans le box qu'occupait d'ordinaire son véhicule. L'immeuble ancien paraissait rénové depuis peu.

— Je suis heureuse que tu aies accepté de venir jusqu'ici.

Camille ne répondit pas. Elle observait l'endroit dans lequel elle venait d'entrer. Le domicile de Louisa ne paraissait pas très grand, il était simple et bien agencé. Une cuisine américaine séparait la pièce principale en deux. Louisa invita Camille à se mettre à son aise, et alluma un bâtonnet d'encens. Une subtile odeur de cannelle se dispersa dans le salon. Louisa saisit la télécommande de la chaîne hi-fi, et bientôt une mélodie jazzy accompagna les volutes de fumée odorantes. Elle proposa une infusion. Camille découvrait une ambiance douce et chaleureuse.

— *Et maintenant ?* questionna Off, alors que Camille tournait pour la dix millième fois sa cuillère dans sa tasse.

— *À ce rythme tu vas faire un trou dans la porcelaine !* rajouta sa voix intérieure.

— Alors, c'est quoi ce fameux sujet que nous n'avons pas abordé ? demanda Louisa en ébauchant un sourire moqueur.

Camille sursauta, et la regarda l'air coincé.

— *Je te l'avais dit que cette réplique était une réussite !* s'esclaffa Off.

— Pourquoi ne m'as-tu rien dit pour les enfants ? répondit Camille.

— *Et voilà Camille qui se lance dans une défense par l'attaque !* nota Off sur le ton du commentateur de la coupe du monde de foot.

— Qu'est-ce que ça aurait changé ?

— *Ah non, c'est pas du jeu...*

— Tu crois qu'on ne serait pas ici à l'heure qu'il est ? continua Louisa.

— *On y serait peut-être venues avant...*

— Ta tisane est excellente. Finit par conclure Camille, qui ne savait pas de quelle façon se sortir de ce dialogue ponctué de questions.

Louisa éclata de rire, et Camille eut une impression de caresse venant de lui frôler le visage. Elle se laissa gagner à son tour par le comique de la situation.

— C'est franchement une réplique ridicule, concéda-t-elle en continuant de s'esclaffer.

— Il est vrai que tu m'as habituée à des réparties plus pertinentes.

— *Ce doit être l'émotion,* proposa Off, qui commençait à se demander quelle attitude adopter, face à la mine radieuse de son interlocutrice.

Louisa fit le premier pas, consciente de décharger Camille d'un aveu difficile à exprimer.

— Je n'ai pas révélé le fait que je n'étais pas la maman, parce qu'à l'instant où tu nous as proposé ton aide, j'ai été surprise.

— Ah bon, pourquoi ? demanda Camille qui avait retrouvé sa voix.

— Au départ, j'ai réellement été soulagée par ton intervention. Trois gosses à gérer dans pareilles circonstances, je ne le sentais pas bien en étant toute seule. Après, je ne sais pas, j'ai eu confiance. Disons que tu m'as plu.

— *Ouais, mais « plu » comment ?* questionna Off au bord de l'infarctus.

La réciproque était réelle et Camille prenait la mesure de cette certitude. Elle se rendit compte qu'elle regardait Louisa avec insistance. Sa tête était appuyée contre le dossier du gros fauteuil dans lequel elle était installée. Les jambes croisées, les mains posées sur les accoudoirs arrondis, elle ressemblait à une héroïne de film d'aventure.

— Like Thelma and Louise, but without guns, murmura Off avec la voix de Pascale Bussière dans *When Night is Falling.*

Il fallait qu'elle parle, et elle restait muette sous l'effet de sa contemplation. Et voilà que le cocktail tisane agrémenté d'une pointe de tension allait l'obliger à demander à Louisa où se trouvaient les toilettes. « Plus douée que moi tu meures », songea-t-elle en sentant sa vessie se contracter.

Assise sur la cuvette des WC, elle se retrouva face à face avec le visage de Sharon Stone. L'affiche du film *If this Wall's Could Talk 2* se trouvait placardée devant ses yeux, ornée de vignettes illustrant différentes scènes des trois chapitres de l'histoire de cette maison de femmes. Le lieu était tapissé de photos de paysages où les dunes de sable de plusieurs déserts côtoyaient les différentes couleurs de la mer. Elle se rinça les mains dans le petit lavabo en faïence bleue.

— On voyage chez toi, dit-elle en retrouvant Louisa occupée à mettre un nouveau CD dans son lecteur.

— Tu apprécies ma déco spéciale cabinets ?

Camille s'avança vers la jeune femme accroupie face à la chaîne, et posa sa main sur son épaule.

— C'est original. Qu'est-ce que tu nous mets comme musique ?

— Quelque chose pour détendre l'atmosphère.

Louisa se releva pour faire face à Camille. Elles étaient presque de la même taille, avec un léger avantage à la maîtresse de maison. La voix de Dido s'éleva dans le silence de la pièce. Off flancha, et décida de laisser le fil du présent se dérouler, sans intrusion intempestive. Le rythme des secondes se mit à ralentir, pour se figer à l'instant où les lèvres de Camille s'accordèrent à celles de Louisa. La délicatesse et la douceur du baiser répandirent une onde d'allégresse dans tout son organisme. Elle savourait déjà ce qu'elle était en train de discerner, au point de laisser progresser le trouble inattendu suscité par sa partenaire.

— Crois-tu aux rencontres ? demanda Louisa d'une voix douce quasi inaudible.

— *Comment ne pas y croire !!!* hurla Off dans l'esprit en feu de Camille.

— Oui... Définitivement oui, répondit-elle, tout en enlaçant avec tendresse la jeune femme qui lui souriait.

Elle inspira, prête à se mettre en mode *apnée* pour apprécier et déguster de l'intérieur le parfum qu'elle redécouvrait. Cette odeur subtile et précieuse, alliant émoi et sensualité. Une partie d'elle-même s'abandonna dans un nouveau baiser, alors qu'elle résistait par ailleurs à se laisser aller. Une alarme lointaine résonna dans les contreforts de sa conscience. Il était trop tôt. Elle avait oublié, perdu le chemin qui mène à l'autre.

— *Souffle. Respire. Fais le chien !* proposa Off, d'un ton moqueur.

Camille sentit Louisa desserrer son étreinte, pour lui faire face et la regarder de ses yeux brillants.

— Je crois que j'ai rêvé de ce baiser à l'instant où je me suis endormie sur ton épaule.

Elle se mit à sourire, presque gênée par la révélation et le silence attentif de Camille.

— Enfin... Je veux dire... C'est dingue... Tu m'as semblé si fatiguée cette nuit-là. C'est nul, cette remarque. Nous étions tous dans cet état, enfin toi, il y avait autre chose, tu avais l'air lasse, mais pas à cause de l'arrêt forcé. C'est pour ça que j'ai eu confiance... Une impression...

Elle clôtura sa phrase par un haussement d'épaules.

— Bon, je m'égare, on dirait. Mais c'est pas vrai ! J'avais oublié que c'étaient les funérailles de ta grand-mère... Oh, je suis désolée. Je n'en rate pas une.

Camille baissa les paupières. Sa grand-mère. Oui au final, c'était grâce à elle, que la rencontre avait eu lieu dans cet endroit hasardeux. Cependant, les pensées qui avaient occupé une partie de sa nuit n'avaient aucun lien avec la disparition de la vieille femme. Elle revint à la réalité du présent en posant son regard sur le visage soucieux de Louisa. Lumineuse Louisa. Son esprit essaya de lui imposer une superposition d'images inconcevables. Louisa, Madeleine. Madeleine, Louisa. « Cela n'a aucun sens », songea-t-elle en fronçant les sourcils. La sensation d'une pression sur son bras la fit sursauter.

— Ça va ?

— Excuse-moi. J'ai un peu déconnecté.

— Viens t'asseoir, tu es toute pâle, répliqua Louisa en esquissant un sourire.

— Je… Je crois que je vais m'en aller.

Le visage de Louisa marqua le coup, pourtant elle n'essaya pas de lui faire changer d'avis, ce qui soulagea Camille, déconcertée par sa propre attitude. Elle lui tendit son manteau tout en la raccompagnant dans le vestibule.

— Pardonne-moi. Je suis vraiment stupide. Je ne voulais pas te blesser.

Camille regardait cette séduisante jeune femme faire des efforts pour essayer de rattraper ce qu'elle devait considérer comme une impardonnable bévue. Elle posa le plat de sa main sur ce doux visage contre lequel elle s'était pressée quelques instants auparavant.

— Je dois me lever de bonne heure demain matin. Je te téléphonerai.

— Dois-je m'inquiéter ?

— *Touchante, belle, craquante, avec le plus de l'intelligence du cœur. Ne me dis pas que tu n'es pas scotchée !* plaida Off, en reprenant pieds dans les pensées de Camille.

— Non. Il n'y a aucune raison. Je t'appellerai mercredi sans faute.

Elle déposa un baiser sur les lèvres closes de Louisa. Celle-ci ne bougea que pour ouvrir et refermer la porte. Camille se retrouva dans la nuit froide. L'esprit taraudé par les invectives à répétition de sa voix intérieure.

— *Tu te la joue grave sur ce coup-là ! Je n'ai jamais vu une sortie aussi foireuse ! Tu es nulle, et le mot est faible ! Abrutie, c'est plus juste dans ton cas ! Pour qui tu te prends ? C'est quoi ton problème dans l'existence ? Tu veux continuer à vivre dans un souvenir ? Non mais tu t'es bien sentie tout à l'heure, tu n'en pouvais plus tellement tu avais envie d'elle !*

— Je veux être certaine…

— *De quoi parle-t-on !*

— Être heureuse...

— *On touche au but ou plutôt on touche le fond ! Et là, tu y es heureuse, au creux de ton manteau à te les geler !!! Le bonheur appartient à ceux qui le veulent. Alors va... Va chercher le bonheur... Ouais ! ça se confirme tu es complètement allumée ma pauvre fille ! Une chose est certaine, personne ne le fera à ta place. Qu'est-ce qu'on fait ? On attend mercredi, ou mille ans, ou quoi ?*

Camille se rendit compte qu'elle avait traversé la rue machinalement. Elle leva la tête en direction du troisième étage. Les rideaux venaient de s'écarter, et la silhouette imprécise de Louisa se dessinait dans le cadre de la fenêtre fermée.

— *Ne réfléchis pas ! Décide-toi ! Fais ton choix !*

Elle rebroussa chemin et buta contre la porte d'entrée de l'immeuble. Celle-ci était fermée et elle ne connaissait pas le code.

— *Saint téléphone mobile priez pour moi...*

Elle avait à peine composé le numéro d'appel lorsqu'un *clic*, reconnaissable entre tous, lui indiqua que le sésame venait de lui être offert. Elle poussa le lourd battant avant de se précipiter dans les escaliers qu'elle grimpa deux par deux. Louisa l'attendait sur le pas de la porte l'air grave et interrogatif.

— Tu as oublié quelque chose ?

— Oui.

— (...)

— J'aimerais que l'on se revoit... si tu es d'accord...

— Il me semble que c'est ce que nous venons de faire.

Les yeux de Louisa trahissaient un air amusé qu'elle essayait en vain de dissimuler derrière une figure sérieuse. Camille encaissa la boutade silencieuse et lui rendit son sourire.

— Tu es toujours comme ça ? demanda-t-elle en soupirant.

— Ça dépend avec qui.

— Et avec moi ?

Camille eut l'impression que le visage radieux de la jeune femme qui lui faisait face traduisait ce qu'elle souhaitait entendre.

— Ne dois-tu pas te lever de bonne heure demain ?

— *Quand je te dis de réfléchir avant de parler !* balança Off en levant ses yeux au ciel.

— Oui... Je... Es-tu disponible samedi prochain ?

— J'ai promis à Manon de l'emmener au musée des arts forains. Tu peux venir avec nous, je pense qu'elle adorera que tu sois là.

Par respect pour les nerfs de Camille, Off mit sa voix en veilleuse et se garda bien de suggérer à celle-ci de demander à Louisa si elle aussi apprécierait sa présence. Puisqu'elle venait de le lui proposer, cela devait être le cas. Camille préféra en rester là. Elles avaient rendez-vous, c'était une bonne nouvelle après son premier et pitoyable départ.

TOURS DE MANÈGE

Il était convenu qu'elles se retrouvent devant l'entrée des Pavillons de Bercy. Camille faisant une nouvelle fois office de chauffeur privé pour ces dames, avait proposé de raccompagner Louisa et sa nièce jusqu'à leurs chaumières respectives, à l'issue de la visite. Elle gara sans difficulté sa voiture à proximité du POPB. Elle ne connaissait pas vraiment ce quartier, qui vivait depuis plusieurs années une suite de rénovations spectaculaires. Après visualisation de la géographie des lieux, elle opta pour la marche. La promenade devait la conduire des jardins de Bercy jusqu'aux bâtiments qui abritaient le musée des Arts forains, en passant par les anciens chais des bords de Seine, reconvertis en boutiques branchées. Elle était en avance sur l'horaire du rendez-vous, et se força à ralentir la cadence. Elle devait impérativement essayer d'enrayer la frénésie qui venait de s'emparer des battements de son cœur. Elle n'avait cessé de penser à Louisa tout au long de cette interminable semaine, sans toutefois oser la contacter après leur dernière soirée parisienne. Pourtant, il y avait eu ce baiser dont le souvenir ne la quittait pas. Mais alors pourquoi avait-elle hésité ? Pourquoi ce flot d'interrogations inutiles s'était-il soudain déversé dans son esprit ? Elle s'assit sur un banc face à un arbre sans feuilles. L'hiver restait présent, malgré le soleil. Sa vie était restée arrimée à cette saison depuis le départ de Madeleine. Elle rêvait de printemps, sans être capable de forcer son présent à faire un véritable pas vers ce renouveau.

— *Aurais-tu peur ?*

Camille focalisa son esprit sur la question. Elle ressentait l'incertitude et l'hésitation. De là à dire qu'elle avait peur. Ces dernières années n'avaient été qu'une suite d'emplois du temps chargés en tâches professionnelles et agrémentés de rares aventures sans lendemain. Louisa lui plaisait. Le constat qui résonnait en elle prenait des formes inattendues : celle de l'impatience des retrouvailles, celle du désir de reprendre le fil de l'histoire là où elle l'avait stoppée. Son regard butta sur un arbuste couvert de minuscules bourgeons.

— Il est temps de reprendre cette vie en main…

— *Ton cœur battrait-il de nouveau ? Où est-ce simplement certains des signes bucoliques de l'éclosion printanière qui te survoltent ?*

— Mon cœur n'a jamais cessé de fonctionner, sans

doute s'agissait-il d'hibernation, de manque d'envie, d'absence d'appétit...

— *Et si tu arrêtais de te prendre la tête. Si tu acceptais, sans façon et une bonne fois pour toute, qu'il est possible d'aimer de nouveau.*

Camille contemplait les nœuds de ses lacets. Elle laissa sa pensée dériver du cuir de ses chaussures au carré de la pelouse, en passant par les gravillons blancs du chemin. Elle croisa une fourmi esseulée, en quête d'une sortie d'autoroute.

— Ne t'inquiète pas petite sœur, tu trouveras ta voie... Comme moi...

Une tape sur son épaule droite la ramena sur le bois du banc. Elle tourna la tête en direction du léger coup, le temps d'apercevoir une Manon concentrée sur sa course, tenter de faire le tour du banc sans tomber.

— Ze t'ai eu ! s'écria la petite fille en sautillant sur place.

— *Oui je suis eue,* répondit Off qui pensait à la personne qui devait accompagner l'enfant.

L'espace environnant le banc, s'illumina du sourire de la gamine. D'instinct Camille tendit les bras sans s'arrêter sur la surprise que suscitait ce geste pour elle. Manon lui sauta au cou sans attendre.

— Cami' !

— Bonjour Manon...

Camille se redressa pour accueillir la présence familière qu'elle venait de sentir derrière elle. Louisa les avait rejointes et les observait comme on le ferait de la photographie du bonheur.

— Bonjour Camille. Tu as retrouvé ta première fan...

— *Tu ne voudrais pas faire partie du club ?* murmura Off à l'oreille interne de Camille émue de revoir sa charmante passagère d'une nuit.

Elle se leva pour aborder Louisa et l'embrasser. Son parfum se déposa sur la joue qu'elle tendait.

— Je suis heureuse de te revoir.

— Et moi ze compte pour du beurre ?

Camille s'accroupit pour faire face à la moue boudeuse de Manon.

— Tu ne serais pas un peu chipie par hasard ?

— Ze sais pas c'est quoi cipie…

— *Tu es trop douée avec les gosses !* marmonna Off en douce.

Elle leva la tête en direction de Louisa qui avait du mal à s'empêcher de pouffer.

— *Et si tu m'aidais au lieu de te moquer !* tenta Off, au bord de la panique.

Louisa perçut l'appel au secours et proposa de se diriger sans tarder vers le but de leur visite. Aussitôt, Manon s'intercala entre les deux femmes et leur prit à chacune la main, avant de se lancer dans un monologue animé où il était question d'une chanson apprise la veille relatant l'histoire d'une chenille qui se transformait en papillon. Camille, concentrée sur l'exposé de la comptine, ne sentit pas l'attention dont elle faisait l'objet. Au détour d'un hochement de tête, son regard croisa celui de Louisa, elle eut alors le sentiment que son cœur franchissait le mur du son, et manqua trébucher sur un insignifiant caillou perdu au milieu de la chaussée.

— Attention à la marche ! lança Louisa taquine.

Camille, surprise, marqua un temps d'arrêt.

— *Pourquoi est-ce que j'ai une furieuse envie de t'embrasser, là, maintenant, tout de suite ?*

Elle se contenta de sourire devant le témoignage de son trouble évident. À l'approche des boutiques, elles décidèrent de faire une pause-café et *socolat saud* pour Manon. La volubile gamine ne lui laissant guère le choix des sujets à aborder, Camille se souvint des bienfaits de la patience.

À la sortie du bar, Louisa posa une main délicate et pressante sur son épaule.

— Ça va aller ?

Camille soutint le regard caresse.

— Je suis dans ma phase *apprentissage*. Toutefois, si tu m'aides, je pense que je devrais y arriver.

— Tu peux compter sur moi.

Camille ne s'attarda pas sur le double sens de leur échange. Il était trop tôt pour des interprétations subtiles. Elle devait s'inscrire dans le présent et se laisser porter.

L'architecture des anciens chais prêtait son originalité à l'ensemble des bâtiments du musée des Arts forains. On entrait par une large porte en bois, et l'on découvrait un morceau d'antan dans le Paris d'aujourd'hui. Camille apprécia instantanément l'endroit. Le baroque se mêlait à la magie des foires et autres fêtes de son enfance. Point d'électronique en ces lieux où des merveilles de mécanique rappelaient que les trouvailles des hommes venaient d'idées simples. L'allée centrale, se situant entre les deux bâtiments qui composaient l'ensemble, grouillait d'animations de rue. Les jongleurs et les cracheurs de feu côtoyaient les faiseurs de barbe à papa et les mini baraques de confiseries. Manon ne lâchait pas les mains de ses deux anges gardiens et regardait d'un air émerveillé une suite de bristols troués sortant de l'orgue de barbarie sous l'effet des tours de manivelles de son propriétaire. Camille était occupée à réviser son mode d'emploi du carton perforé générateur de la mélodie, quand Manon posa la question fatidique.

— Comment ça fait de la musique ?

Les deux femmes eurent le temps d'échanger un regard perplexe avant que leurs rires ne se mêlent aux accents du refrain distillé par le gavroche parisien. Manon, dont l'imaginaire venait d'être emporté par la vision des chevaux de bois d'un carrousel de la Belle époque, se laissa entraîner dans les salons de musique, sans avoir eu sa réponse. La petite fille ne se fit pas prier pour autant et se retrouva juchée sur la selle en bois d'un étalon blanc à la crinière feu. La scène banale d'un manège qui tourne prit un air surréaliste pour Camille. Elle était là, debout dans cet univers décoré aux couleurs de la fête foraine à faire des gestes affectueux à une gosse de 6 ans à chacun de ses passages, avec à ses cotés, une jeune femme mystérieuse dont elle attendait un signe. Louisa s'était peu à peu rapprochée. Elle pencha sa tête vers Camille d'un air nonchalant.

— Tu t'en sors bien... C'est prometteur...

— Tu crois qu'il va falloir que je m'habitue ?

— Cela ne dépend que de toi.

Camille se retrouva soudain en apnée, alors que Off faisait des efforts de réanimation.

— Et avec décodeur, ça donne quoi ?

— Manon dort chez moi ce soir, mais cela n'empêche pas que tu peux rester avec nous le temps que tu voudras.

— Ah...

Le carrousel venait de stopper sa course, laissant Camille incertaine sur la traduction des informations qu'elle venait de recevoir.

— Louisa, ze peux encore faire un tour ?

— On reviendra chérie, je te propose d'aller voir les autres jeux.

Manon se laissa docilement soustraire de sa monture, et elles se dirigèrent toutes trois vers un mystérieux appareil qui, si l'on en croyait les indications écrites sur sa face avant, disait l'avenir aux curieux qui souhaitaient en savoir plus. Camille haussa les sourcils, intriguée.

— Tentée ? demanda Louisa.

— Je crois que je préfère les surprises...

— Moi je teste.

Louisa appuya en simultané sur une série de boutons colorés avant que le mécanisme ne se mette en marche dans un bruit d'engrenages et de cliquetis. Il fallut patienter une minute avant qu'un message à la calligraphie ancienne ne vienne se positionner sur l'écran sans vitre. *« Une rencontre va changer votre vie »*. Le regard de Louisa allait de la phrase au visage perplexe de Camille.

— C'est une bonne nouvelle... Tu es sure de ne pas vouloir essayer ?

Devant l'insistance amusée de Louisa, elle se décida à son tour à interroger l'oracle. Quelques raclements métalliques plus tard, la machine rendait son verdict, arrachant un sourire aux deux femmes : « *Une rencontre va changer votre vie* ».

— Pas très original... Elle doit être en panne...

— Va savoir, continua Louisa sur le ton de la confidence.

— *Et je dirais même plus : va savoir !* conclut Off imperturbable.

Voyant qu'elles ne se décidaient pas à laisser l'incompréhensible machine, Manon en avait profité pour s'éclipser. Elle avait remarqué une attraction autrement digne d'intérêt et observait, avec un émerveillement tinté d'envie, un clown en bois cracher des confiseries. Les deux femmes retrouvèrent l'enfant assise par terre, affairée à collecter tous les bonbons qui passaient à sa portée.

— Regarde-là celle-ci, elle n'en loupe pas une, dit Louisa en prenant le bras de Camille pour qu'elles stoppent leur marche.

— Elle est marrante, en effet.

— Cela a dû te faire tout drôle de te retrouver avec trois enfants dans ta voiture.

La tournure de phrase trahissant le mode affirmatif, Camille fut obligée d'acquiescer.

— Tu as tout compris.

— Tu étais stoïque malgré tout.

— *Et vachtement brave,* continua Off en grimaçant.

— J'ai bien fait, non ?

Louisa planta ses yeux noisette dans ceux de Camille.

— *Si tu continues de me regarder de cette façon, je*

vais être obligée de t'embrasser, là, devant tout le monde, murmura Off au comble de l'émoi.

— Nous n'aurions pas pu rêver plus agréable compagnie.

— *Mes sels... Je défaille,* déglutit Off au bord de la panique.

Louisa déposa un léger baiser sur la joue de Camille, qui eut pour effet de diffuser une onde de chaleur dans le bas de son ventre. Off tomba de sa chaise virtuelle.

L'après-midi continua ainsi, Manon sur les chevaux, Camille dans les nuages et Louisa attentive à chacune. Camille, qui avait accepté l'offre de Louisa, les raccompagna puis resta pour dîner à la grande joie de Manon à qui sa tante eut du mal à faire prendre une douche avant l'heure fatidique du bisou de bonne nuit. Le salon baignait dans une atmosphère suave et silencieuse, Camille attendait sans impatience que Louisa ait couché la petite fille épuisée par l'intensité de sa journée. Elle comprit que celle-ci était de retour dans le salon lorsqu'elle vit l'éclairage décroître.

— Elle s'est endormie sans même me demander de lui raconter une histoire. Elle est étonnante cette gamine. Elle a insisté pour que je l'installe dans le clic-clac du bureau. D'habitude, c'est dans mon lit, ou rien.

Louisa souriait d'un air affectueux au souvenir des mots qu'elle avait entendus quelques instants auparavant.

— Qu'est-ce qu'elle t'a dit ?

La jeune femme s'approcha du fauteuil dans lequel Camille était assise, et s'accroupit devant elle en posant ses deux mains sur chacun des accoudoirs arrondis, ses doigts effleurant ceux que Camille n'avait pas bougés.

— Je te le fais en Manon dans le texte : « Peut-ete que Cami', elle veux rester. Z'aimerai bien qu'elle soit là demain matin, alors ze lui laisse ma place dans le lit avec toi. »

La surprise éprouvée par Camille céda le pas à une

sensation de trouble à la pensée d'être si parfaitement décodable pour une gosse de 6 ans. Elle accrocha son regard à celui de Louisa avant que son champ de vision ne se concentre sur ses lèvres. Retrouver la délicieuse texture de cette bouche gourmande. Se laisser aller contre ce corps en attente. Dériver ensemble vers de nouveaux horizons.

— *Louisa tu me plais, tu es belle, tu es exquise. J'ai envie d'être près de toi, de te serrer dans mes bras, de t'embrasser, t'embrasser, t'embrasser...*

Un clap de fin virtuel condamna Off au silence sur sa cinquième seconde de réflexion. La sixième seconde entraîna ses congénères dans le rythme effréné d'un baiser passionné, tandis que le tapis couleur bleu des mers du sud accueillait les deux femmes enlacées. Camille sentait son sang battre à ses tempes. Son esprit, en équilibre au bord de son cœur, s'évaporait dans une multitude de sensations divines. Sa conscience sombrait dans un délicieux affolement des sens. Ses mains venaient de découvrir la délicatesse de l'arrondi d'un sein et s'apprêtaient à partir à la recherche d'autres merveilles, lorsqu'elle reprit pied dans la réalité. Louisa déposa un baiser sur son nez.

— Je te propose de continuer cet intéressant dialogue dans un autre lieu moins exposé à d'éventuels regards innocents.

La phrase murmurée sur le ton de l'humour arracha un sourire à une Camille dont la chemise faisait le grand écart. Elle s'assit en tailleur face à Louisa.

— Désolée. Je ne pensais plus à Manon.

— J'ai cru comprendre que tu étais partie sur une autre idée. Rassure-toi, j'avais zappé moi aussi.

Louisa l'observait, ses yeux brillants ne semblant plus vouloir la quitter.

— *Pourvu que ce ne soit pas qu'un rêve,* déclara Off qui venait d'émerger de la douce torpeur due à une première ébauche de corps à corps.

Louisa posa le plat de sa main sur la joue de Camille.

— J'ai très envie de reprendre le rythme *Come away with me in a night,* entamé sur l'autoroute, serais-tu d'accord ?

Elle s'était redressée en fredonnant le titre de la chanson et avait ouvert ses bras à l'attention de Camille.

— Oui, répondit simplement celle-ci. Je te suis.

Lors de sa première visite, Camille n'avait pas prêté attention à la configuration de la demeure. Louisa la précédait dans la pénombre, tenant sa main dans la sienne. Le petit couloir de l'entrée permettait l'accès à un escalier en colimaçon qui grimpait jusqu'à l'idée que Camille était en train de se faire d'un nouveau paradis. Elle buta sur la première marche et s'agrippa au tee-shirt de sa guide.

— Oups...

— Tu peux t'accrocher, c'est du solide...

Camille posa ses mains sur les hanches de Louisa. Sous l'étoffe, elle pouvait sentir la chaleur de la peau qu'elle rêvait de caresser. Louisa se tourna vers elle pour la serrer dans ses bras, provoquant un nouveau trouble dans son esprit.

Les marches s'étiraient vers l'infini dans le temps suspendu. L'arrivée au sommet fut marquée par le contact avec le moelleux de la moquette, avant que les deux femmes ne se retrouvent, nues, sous une housse de couette au parfum de lavande. Aimer au présent c'était redécouvrir la voix des anges, et les murmures de Louisa en traduisaient le divin langage. Camille sentait ses mains sur sa chair émue, et sa respiration qui embrasait le moindre centimètre carré de sa peau. Il ne restait plus qu'à s'offrir, à s'ouvrir, à s'abandonner. La langue de Louisa affolait ses tétons nerveux, tandis que ses doigts exploraient chaque millimètre de son sexe humide lui arrachant des spasmes de plaisir. Prolonger l'instant. Encore. Ne pas jouir tout de suite, pas si vite. Elle sentait que son corps devançait sa volonté. Trop d'attentes. Trop de soifs. Camille se courba pour réguler le flot de désir qui, elle le savait, allait la submerger, la faire exploser. Elle s'empara des lèvres de Louisa, de ses seins de son ventre. Elle plongea dans sa vulve savoureuse. Louisa gémissait, Louisa se tordait. L'entendre, la sentir ainsi exposée affolait Camille et la plongeait dans une incroyable jubilation. Prolonger l'instant. Encore. La housse de couette tombée à terre, le lit devint le périmètre d'une liberté inattendue. Les deux femmes se dressèrent l'une face à l'autre. Cuisse contre cuisse, ventre contre ventre, seins gonflés, et bouches affamées, tandis que leurs mains trempées s'agitaient dans le ras des toisons. La tempête grondait au rythme saccadé des souffles mélangés. Prolonger l'instant. Encore.

Pour Camille, ce fut comme si elle recevait une part d'elle-même au contact de la jouissance de Louisa. Un nouveau voyage vers l'amour venait de commencer, elle ne pouvait plus hésiter.

Camille découvrit la géographie de la chambre en même temps qu'elle recevait un baiser lumineux dans son cou. Louisa se pressait amoureusement contre elle, et passait sa main dans ses cheveux ébouriffés.

— Bonjour ma douce. Tu as fait de beaux rêves ?

En guise de réponse, Camille colla ses lèvres contre celles de son amante. Louisa se redressa et répondit au baiser tout en souriant.

— Hum... On dirait que oui...

Elle se leva en souplesse avant de se diriger vers un placard aux portes de bois clair.

— Tu t'en vas déjà ? demanda Camille en visualisant la quantité de vêtements rangés sur les différentes étagères.

Louisa rigolait.

— Rassure-toi, il n'en est pas question. Cependant, et bien que l'heure ne soit pas très avancée, je ne serais pas surprise que nous recevions une visite d'ici peu.

Le regard incrédule de Camille allait des murs aux couleurs ocre à Louisa qui passait un long tee-shirt sans forme sur son corps élancé. Elle fut bientôt, à son tour, revêtue du même style d'attribut, avant de retrouver la chaleur de Louisa contre elle.

— Quand nous étions enfants, avec ma sœur, nous avions une manie qui a duré plusieurs années. À chaque fois que nous allions chez nos grands-parents pour les vacances. Tous les soirs, c'était le même rite immuable, dès que nous étions douchées, nous foncions dans leur chambre et nous nous glissions sous les draps avec eux pour que pépé nous lise une de ses fabuleuses histoires. La tradition ne s'est pas perdue dans la famille.

— Et que voulais-tu dire tout à l'heure, en parlant de « visite » ?

— À ton avis, répondit Louisa, alors que la tête de Manon apparaissait en haut des marches de l'escalier.

La petite fille marqua un temps d'arrêt, pour s'assurer de la présence d'un duo sous la couette aux couleurs provençales. Puis, sans hésitation, elle grimpa sur le grand lit avant de s'installer dans son milieu, entre les deux femmes.

— Ze peux me mettre en dessous ?

Louisa jeta un œil amusé à Camille et céda à la requête de sa nièce.

— Je croyais que tu allais nous préparer un bon petit déjeuner, dit-elle en déposant un baiser sur le front de l'enfant.

— Ze savais pas si Cami' elle était encore là. Ze voulais être sûre pour compter les croissants.

Camille pensa que si elle regardait Louisa, elles allaient éclater de rire. La situation lui semblait irréelle et pourtant, elle se sentait à sa place. Ses deux colocataires continuaient leur bavardage sur le ton de la conversation sérieuse, tandis que la petite fille serrait sa main dans la sienne.

— *Bienvenue dans la cinquième dimension,*

murmura une voix Off en état d'attendrissement avancé.

— Je crois que ça va me plaire, répondit Camille à sa voix intérieure.

Un rayon de soleil traversa les stores avant de venir se refléter dans un miroir sur pied.

L'HEURE DU CHOIX

Camille regagna son domicile après avoir raccompagné Louisa et Manon et décliné l'invitation à rester déjeuner, pour cause de rendez-vous dominical avec Lulu et Julie. Elle devait aussi préparer un déplacement en province qui allait la conduire dans le Sud-Ouest, non loin de Biarritz, durant trois jours. Ce voyage tombait mal au regard de l'épisode de la nuit précédente. Camille avait envie d'être près de Louisa, de profiter de la douceur de sa compagnie. Elle sourit au souvenir de leurs étreintes. Tout était si simple. Il suffisait de se rencontrer. L'heure affichée à sa montre lui indiqua son retard. Lulu ne manquerait pas de lui faire une de ces inévitables remarques sur les règles de vie sociale et de ponctualité.

Lorsqu'elle arriva chez ses amies, elles les trouva en train de batailler avec un clou qui refusait obstinément de s'enfoncer là où on avait décidé qu'il devait le faire. Julie avait ouvert la porte, tandis que Lulu restait la main en l'air, le doigt sur la marque de la pointe.

— C'est la période migratoire ? demanda Camille, le sourire aux lèvres face à la position inconfortable de son amie.

— Hein ?

— Mais oui tu sais bien, avant de s'envoler, les grues se perchent !

— Très malin. Ce con ne veut pas se planter.

Camille se tenait dans l'entrée, aux côtés de Julie, toutes deux prêtes à éclater de rire.

— Il se trouve que mademoiselle s'est subitement décidée, à accrocher ce cadre, alors que la perceuse est chez mon frangin.

— Tout ça c'est de la faute à Camille, elle n'avait qu'à être à l'heure, pesta Ludivine, qui commençait elle aussi à avoir envie de rigoler. Bon, j'en ai marre. Et puis j'ai soif !

— Tu as raison, passons aux choses sérieuses, répondit Julie qui venait de récupérer son amie dans ses bras.

Le portable de Camille, fixé à sa ceinture, émit une légère vibration. Un rapide coup d'œil à l'écran bleuté l'informa que Louisa cherchait à la joindre. Elle quitta la table en s'excusant pour prendre l'appel.

— Je voulais juste entendre le son de ta voix. Tu vas me trouver stupide...

— Non pas du tout, au contraire, ça me fait plaisir que tu téléphones.

— Tu as déjeuné ?

— Je suis chez des amies...

— Mince. Je tombe mal, excuse-moi.

— Tu peux m'appeler quand tu veux. Il semble que cela ne puisse pas me déranger.

— Alors sans doute était-ce pour entendre cela que j'ai téléphoné.

Camille percevait le sourire de Louisa dans le combiné. Elle écourta leur conversation en promettant de rappeler le soir même, pour un échange plus détaillé.

Lulu accueillit son retour à table avec un clin d'œil malicieux.

— Tout va comme tu veux ?

— Quel est le sens de ta question ? répondit Camille en avalant une gorgée de l'excellent bourgogne que son amie venait de servir.

— Je te trouve bien mystérieuse ces derniers temps... Depuis cette fameuse nuit passée sur l'autoroute. On dirait que tu n'arrives pas à te remettre d'avoir vécu autant d'heures avec trois mômes dans ta voiture.

— C'est presque ça.

Julie qui connaissait, comme Lulu le peu d'intérêt que Camille accordait à la population enfantine, se mit elle aussi à se moquer gentiment de leur invitée.

— Et la vraie fausse maman, comment est-elle ?

Camille recula dans son siège avant de rendre leur sourire à ses amies.

— Vous vous êtes donné le mot ou quoi !

— En tout cas, tu as l'air en pleine forme... Cela fait longtemps qu'on ne t'avait pas vue aussi épanouie. Alors forcément, tu nous connais...

— Elle s'appelle Louisa.

Ludivine et Julie s'étaient tues, le regard suspendu aux lèvres de Camille.

— Et... Et on en reparlera... Plus tard.

— Ce qui signifie qu'on change de conversation, conclut Julie devant la moue boudeuse de Lulu.

***

La nuit était tombée lorsque Camille retrouva la chaleur de son troisième étage. Elle se changea avant de s'asseoir devant son ordinateur. La boîte mail affichait une vingtaine de messages d'expéditeurs inconnus. Son attention se porta sur deux adresses. La première qu'elle connaissait depuis peu, fit faire un bond à son cœur. Louisa lui avait écrit. La seconde, rangée dans sa mémoire depuis plusieurs années, la déconcerta. Elle commença par supprimer les mails indésirables avant de se concentrer sur les deux restants. Après une demi-seconde d'hésitation, elle positionna la pointe de la souris sur LsA@free.fr, et découvrit les mots qui lui étaient destinés.

« Ma douce,

Tu permets que je te nomme ainsi (ce matin, tu n'as rien dit pour me laisser penser le contraire). Nous nous connaissons à peine et déjà, j'ai le sentiment (le mot est juste) que la machine à oracle du musée des Arts forains à dit vrai. Ce kilomètre n° 24 de l'autoroute A10, ressemble aujourd'hui à une croisée des chemins. Tu parles peu, tu es secrète. Et moi je suis à l'écoute. Manon ne jure plus que par toi, tu l'as séduite, tout comme moi. Je vais être franche et directe avec toi. Je suis libre et entièrement disponible. Si de ton côté, c'est aussi le cas, et si ces mots ne te font pas peur, alors peut-être pourrions-nous continuer ensemble sur cette voie. Si tu ne le souhaites pas, dis-le-moi sans attendre. Nous aurons passé d'agréables (très) instants à deux... Et voilà... (J'ai toujours du mal à développer sur une idée qui ne me convient pas). Comme tu peux le constater, je prends le risque de te livrer ma pensée.

Je suis ainsi. Je t'embrasse tendrement. (Partout).
Louisa. »

Camille alluma l'imprimante et les mots de Louisa furent sans tarder livrés au papier. Elle relut plusieurs fois la délicieuse missive pour être certaine d'en comprendre le véritable sens. Louisa lui tendait la main. Louisa lui ouvrait son cœur, avec naturel, sans artifice ni faux-semblants. Elle était touchée. Une pellicule de buée se forma à la limite de ses paupières.

— *Serais-ce le double effet Kiss-Cool* made in *Louisa ?* susurra Off tout en s'égarant dans un nuage de coton.

Camille renifla avant de reprendre sa respiration.

— Oui, elle me plaît, et même plus, se répondit-elle à voix haute.

Elle allait se déconnecter lorsqu'elle se souvint du second message. Il était daté de trois jours. Cela faisait trois ans que Madeleine n'avait pas donné signe de vie. Elle parcourut la courte lettre d'une traite et s'arrêta sur la dernière phrase : « *Je suis à Paris, j'aimerais te revoir* », qui était suivie d'un numéro de téléphone. Camille imprima le document avant de le ranger dans son sac de voyage. Le trouble faisant suite à la lecture de la lettre de Louisa venait de céder le pas à la surprise. Ne sachant pas dans quelle catégorie d'émotions classer ce qu'elle venait de ressentir en découvrant que Madeleine était dans la capitale, Camille décida d'aller prendre une douche.

Le liquide presque frais s'écoulait sur son corps, alors que ses pensées s'envolaient vers Louisa. Louisa, son sourire tendre et chaleureux, son corps de déesse grecque. Louisa, généreuse et émouvante. Camille laissa son esprit divaguer sur les mille et une possibilités, les mille et une nuits avec Louisa. « Une histoire d'humour qui tourne à l'amour », oui, elles avaient passé une *Nuit magique,* scotchées au kilomètre 24. Pourquoi Madeleine ressurgissait-elle précisément à cet instant ? Elle se sécha avec énergie tout en éternuant à deux reprises.

— *Elle n'était pas un peu fraîche cette douche ?* marmonna sa voix intérieure.

— Ce n'est certes pas encore l'été. On va se dire que ça fait du bien à la peau et que ça raffermit les idées.

Refusant de s'engager dans l'un de ses interminables dialogues avec elle-même, Camille se glissa sous la couette et s'enfonça dans un gros oreiller moelleux, son téléphone portable en main. Louisa décrocha illico, comme si elle attendait l'appel. La conversation dura six barrettes du nouveau mobile de Camille qui avait une autonomie de trois heures, et si elle n'avait pas eu à se lever aux aurores pour prendre l'avion, le dernier carré y serait passé. Lorsqu'elle raccrocha, son esprit était rempli du sourire éblouissant de Louisa, de sa voix suave et passionnée. Son cœur, quant à lui battait, elle le savait, à un rythme différent, celui qui prélude aux enlacements et aux duos. Elle poussa son polochon hors du lit et s'étira de tout son long. Il était trop tard pour appeler Madeleine. Elle verrait demain. Elle se colla mentalement contre Louisa et s'endormit sur le souvenir de l'odeur de sa peau.

Les jours qui suivirent furent éprouvants. Camille devait contrôler la fin des travaux de réfection sur le pan d'un mur d'église endommagé par un poids lourd. Le chauffeur du semi-remorque, en loupant son virage, était entré dans l'édifice, creusant un trou énorme dans l'un des frontons. Le bâtiment étant classé, il avait fallu reproduire à l'identique l'organisation architecturale des pierres de différentes tailles. Par chance, les vitraux situés en hauteur n'avaient pas été détériorés dans l'accident. Camille avait dû faire face de longues heures aux différentes personnes qui s'affrontaient sur les conclusions à donner quant à la qualité des travaux dans le cadre de leur achèvement. La salle du conseil municipal était pour l'instant transformée en ring de catch où elle faisait office d'arbitre, sous les commentaires goguenards de Off qui s'en donnait à cœur joie.

— *À ma gauche,* môssieur *le maire et* môssieur *le curé. La République et le Clergé. La belle alliance ! À ma droite, l'artisan qui s'est tapé tout le boulot, accompagné du représentant du ministère de la Culture qui ne doit même pas savoir à quoi ressemble un marteau. Les deux parties s'observent avant le début du onzième round. Et bing, c'est parti. La couleur des pierres n'est pas conforme. Le renfoncement de dix centimètres n'a pas été respecté. Le muret détruit n'a pas été reconstruit à l'identique. Conclusion, l'édifice est défiguré ! Doucement* môssieur *le curé, votre pile ne va pas résister. Contre-attaque du compagnon maçon qui s'est débrouillé comme il a pu avec les matériaux qu'on lui a fournis. Un coup bas pour l'administration qui rétorque sur le manque de moyens alloués à ce type de travaux. Non, c'est pas vrai ! On est en début d'année et il n'y a déjà plus de budget !*

Les bouteilles d'eau se vidaient, alimentant la production de salive dans les gosiers énervés. Camille se racla la gorge et entra en piste.

— Messieurs, s'il vous plaît !

Le brouhaha ne s'arrêta pas pour autant.

— *Ok. À la manière forte,* se dit-elle, saisissant son lourd dossier d'expertise avant de le laisser retomber sur le bois de la table qui n'en demandait pas tant.

Elle haussa le ton, et proposa une trêve afin d'exposer le compromis qu'elle venait d'élaborer durant les élucubrations des protagonistes. Il fut convenu que le mur attenant au cimetière serait entièrement refait, et suivi d'un nettoyage complet de l'édifice par jet à haute pression. L'objectif étant de redonner leur éclat aux pierres anciennes. Pour le reste, et en tant que spécialiste mandatée par la région, Camille déclara les travaux conformes au cahier des charges. Ainsi la partie de catch se termina-t-elle sans blessés et sur les poignées de mains d'usage.

— *Plus de deux journées pour en arriver là,* songea-t-elle en découvrant que trois messages l'attentaient sur sa boîte vocale.

Elle n'avait pas senti vibrer l'appareil, tant elle était concentrée sur la résolution du différent opposant les quatre hommes. Elle zappa la première communication estampillée boulot et s'arrêta sur la seconde qui émanait de Louisa. Juste pour lui dire bonjour et entendre le son de sa voix. Même à distance, elles ne se quittaient pas. Après avoir passé toutes ces heures bloquées dans la proximité d'un étroit habitacle, elle faisaient connaissance au grè de nombreuses conversations téléphoniques et grâce aux technologies sans fil. Sa mission était achevée et Camille décida de regagner Paris dès que possible pour retrouver sa tendre amie. Le troisième message, reçu dix minutes plus tôt, provoqua une décharge d'adrénaline. Le timbre de voix n'avait pas changé, avec peut-être un soupçon d'accent anglophone en complément. Madeleine, qui avait conservé ce numéro, l'appelait puisqu'elle n'avait pas eu de retour sur son mail. Elle réitérait son message et rappelait son envie de revoir Camille en lui laissant des coordonnées téléphoniques que le mobile avait déjà enregistrées. Camille s'assit lourdement sur une des chaises en bois du petit hôtel-restaurant de campagne dans lequel elle venait d'entrer et où elle devait déjeuner. Elle sauvegarda la communication avant de commander un plat de pâtes. Elle avait faim et besoin de reprendre des forces. Il fallait qu'elle se renseigne pour changer sa réservation d'avion. Elle voulait entendre Louisa. Elle ne savait toujours pas quoi faire de la réapparition de Madeleine. Elle concentra son esprit sur le fumet émanant du plat de tagliatelles apporté par l'époux de la restauratrice. Ici, le chef cuistot était une femme, et Camille avait eu le loisir d'apprécier la diversité des plats mijotés façon terroir depuis son arrivée dans l'établissement où elle dormait également depuis deux nuits. L'avion du soir était complet, et la liste d'attente chargée. Camille pesta. Elle devrait rester dans ce bled une nuit supplémentaire, comme prévu au début de son intervention. Elle pourrait bénéficier du vol du lendemain matin sans être contrainte d'attendre celui de l'après-midi.

— *Grrrr...* grinça Off.

— C'est mieux que rien, répondit Camille en composant le numéro de Louisa.

Elle rentra à Paris sans avoir repris contact avec Madeleine. Elle hésitait, se posant d'innombrables et inutiles questions, alors qu'il suffisait de composer un numéro de téléphone. Elle n'y arrivait pas, se trouvant des milliers de raisons pour repousser au lendemain ce qu'elle n'était pas certaine de faire le surlendemain. L'avion avait eu du retard, elle devait boucler son rapport, et elle ne pourrait pas voir Louisa. Camille se sentit fatiguée, mais surtout agacée. La magie de la rencontre avec Louisa était assombrie par son incapacité à gérer le retour d'un fantôme surgit du passé. Pourquoi Madeleine était-elle présente dans la capitale ? Pour qui ? Elle jeta sa valise qui n'y était pour rien contre le vieux fauteuil en cuir du salon. Ces vêtements subirent le même sort, direction la corbeille à linge, qui faisait des efforts pour se contenir devant l'abondance des chocs à répétition. Camille se planta devant le large miroir de sa salle de bains.

— *Bon et maintenant, une noyade sous une douche de glace ?* demanda hargneusement Off, de retour de voyage.

— Fait chier ! riposta Camille en inspectant le reflet des contours pâles de son corps. Un, j'ai besoin de vacances ! Deux, de repos, et trois de soleil !

— *Tu oublies tout et tu mets Louisa en premier,* répliqua Off qui trouva un écho immédiat dans le brillant du regard de Camille.

— Fait chier ! répéta-t-elle une seconde fois, pour s'en convaincre.

— *Douche d'abord !* conclut Off sur le ton du reproche, *et ensuite tu règles l'affaire Madeleine. Comme ça tu seras fixée, tu arrêteras de tourner autour du pot et accessoirement de te prendre la tête.*

***

Camille arriva une demi-heure en avance sur le rendez-vous fixé avec Madeleine. Elle s'était décidée à rappeler celle qui lui avait laissé deux messages, celle qu'elle avait aimée. *« Dans une autre vie »*, avait cru bon de rajouter Off. Elle se remémora leur dernière conversation téléphonique. Madeleine heureuse de l'entendre. Madeleine arrivée à Paris depuis deux semaines. Madeleine. Camille avait dû faire un effort de concentration pour retenir l'affluence des souvenirs dans son esprit.

« Le passé appartient au passé », pensa-t-elle en tournant d'un geste mécanique sa cuillère dans l'épaisse tasse de porcelaine qui contenait un café noir sans sucre. Elle aperçut la silhouette de sa lointaine amie bien avant que celle-ci ne remarque sa présence. Les cheveux plus courts, le teint hâlé, la démarche assurée, Madeleine se dirigeait vers Camille le regard fixé sur la porte d'entrée du bar où elles avaient convenu de leurs retrouvailles. Camille se leva pour l'accueillir. Le charme naturel, rehaussé de quelques rides supplémentaires, Madeleine avait acquis, dans ses traits, une forme de maturité.

— *Moins lointaine, plus accessible,* souffla Off, concentrée dans son observation.

Camille repoussa son café tiède, et elles décidèrent de partager une boisson adaptée à ce genre de circonstance. Deux cocktails se firent bientôt face sur la table de marbre gris. Les rares mots échangés depuis l'arrivée de Madeleine, rendaient Camille perplexe. C'est pourtant Madeleine qui rompit le silence devant le regard interrogatif de Camille.

— Je te remercie d'avoir accepté que l'on se revoit.

— (...)

— J'avais peur que tu ne répondes pas à mes appels.

Camille respira et toussa, dérangée par le regard franc qui la détaillait. Il fallait parler. Briser la glace inutile dont elle avait tenté d'entourer le souvenir de tout ce qui était lié à sa relation amoureuse avec Madeleine. Il n'était pas question d'exprimer les joies ou les souffrances passées, ni même les faux espoirs ou les fantasmes inassouvis. Non, il s'agissait de réussir à formuler le plaisir qu'elle ressentait à l'avoir de nouveau face à elle. Combien de fois avait-elle espéré vivre ce moment ? Madeleine, quant à elle, ne se déroba pas devant le mutisme de Camille. Elle parla d'elle, avec simplicité et naturel. De son assimilation de la vie américaine, de ses différents jobs, sa passion pour les jeux vidéos perdurait. Puis elle aborda sa rupture avec Jane, suivie de doutes sur l'existence et ponctuée par une dépression. Camille se retint de poser la question revenant sans cesse dans son esprit.

— *Pourquoi es-tu ici aujourd'hui ?* martelait Off inlassablement.

Madeleine parla beaucoup, comme si elle voulait remplir de mots l'espace qu'elle avait laissé vacant, durant ces trois années passées au-delà des frontières de l'Hexagone, loin de Camille. Celle-ci écouta, hochant de la tête, partageant un sourire, laissant ses yeux aller sans retenue à la rencontre de ceux de Madeleine. Elle la retrouvait, elles s'étaient quittées hier. Deux étrangères se faisant face et se reconnaissant, malgré l'éloignement et les distances. Qu'y avait-il derrière ce visage si familier ?

— Et toi, que fais-tu maintenant ?

La question fit sursauter Camille. Comment résumer trois années en quelques phrases ? Cela n'avait aucun sens. Elle parla de travail, de déplacements, de voyages. Mais rien de ce qu'elle évoqua ne pouvait permettre de savoir qui elle était devenue. Cependant, et même si elle ne se livrait pas, Camille constata qu'elle était ravie de revoir Madeleine. Celle-ci avoua au final qu'elle était revenue à Paris pour régler une affaire familiale. Une histoire d'héritage dont Camille ne releva pas les détails. Madeleine proposa qu'elles se retrouvent le lendemain soir pour dîner et Camille, qui se souvenait de l'indisponibilité de Louisa en début de soirée, accepta l'offre. Elle se séparèrent après un baiser sur la joue, et Camille resta devant le bar, les bras pantelants pendant quinze secondes qui durèrent dix ans. Elle regagna sa voiture les idées en vrac. Sur le chemin du retour, une rue en travaux l'obligea à prendre une déviation et elle finit par atterrir sur le périphérique nord en lieu et place d'une sortie vers le Sud. Au bout d'une demi-heure de trajet sans musique, elle estima que l'habitacle de son véhicule ressemblait à l'intérieur d'une église vide, le souvenir de l'odeur d'encens en moins. Incapable de classer ses pensées, elle alluma la radio. Off nageait la brasse coulée en gardant la tête sous l'eau. Ce n'était pas un rêve, elle venait de passer deux heures en compagnie de Madeleine. Madeleine ressurgie du passé. Madeleine vivante et gaie. Quelle place pouvait-elle avoir dans le présent ? Le trouble céda la place à la confusion.

***

Louisa referma le clapet de son téléphone mobile. La lumière bleue disparut de l'écran, marquant la fin de sa conversation avec Camille. Elle l'avait trouvée soucieuse, dans un état de tension inhabituel. Peut-être l'effet de la fatigue ou de complications dans l'une de ses missions rendait-il la voix de Camille étrange, presque lointaine. Louisa s'enfouit sous sa couette. Elle aurait aimé que Camille soit près d'elle à cet instant, pour voir ses yeux, pour toucher ce qui se cachait derrière les non-dits. Elle soupira. Il ne fallait pas aller trop vite. Elles avaient le temps pour s'apprendre, se rapprocher l'une de l'autre. Camille parlait peu d'elle, et Louisa avait décidé de ne pas poser de questions indiscrètes. La confiance s'établirait. Elle sentait Camille à la fois disponible et craintive. L'instinct de Louisa lui soufflait la nature véritable de l'épisode survenu au kilomètre 24 : il s'agissait d'une rencontre, une péripétie tout à fait aléatoire, qui aboutissait à un enchaînement inéluctable et prodigieux. Louisa s'étira en songeant que la vie fourmillait d'inestimables richesses. Encore fallait-il percevoir les signes. Camille avait-elle discerné le caractère incroyable de la situation vécue à l'occasion de cette nuit d'hiver ?

Louisa sourit en se remémorant la discussion partagée le jour même avec sa nièce. L'œil enfantin semblait avoir saisi la trame se tissant entre les deux femmes. Louisa avait réservé son après-midi pour une séance piscine / goûter avec Manon. D'emblée, celle-ci annonça la couleur en montant dans son véhicule.

— Ton auto, elle est moins bien que celle de Cami'.

Louisa qui attachait l'enfant assise sur le siège arrière ne put s'empêcher de rigoler.

— Tu exagères chérie… C'est cette voiture qui va t'emmener à la piscine.

— Elle vient avec nous Cami' ?

— Non mon cœur, Camille travaille aujourd'hui.

— Oui mais toi, tu travailles pas. Cami' elle aurait pu faire ça aussi.

Louisa regarda dans son rétroviseur le sérieux du visage qui venait de lui faire cette évidente affirmation. Elle renonça aux explications d'usage sur les contraintes de la gestion du quotidien. Oui, la présence de Camille l'aurait comblée. Manon ne se contenta pas d'absence de répartie.

— Louisa ?

— Oui chérie…

— T'es triste si Cami' elle est pas là ?

— Pourquoi me poses-tu cette question ?

— Parce que quand Cami' elle est là, tes yeux y sont pas pareils.

— Ce que mes yeux disent pour l'instant, c'est qu'ils voient une adorable petite fille qui ne va pas tarder à aller faire des *plouf* avec sa tata.

— Et après on ira manzer une briosse ?

— Si tu nages bien.

— Z'ai mis mon nouveau maillot de bain. C'est un maillot qui va vite.

Les échanges sur les perspectives de courses et de plongeons alimentèrent le restant du trajet jusqu'au complexe sportif. Louisa fut presque soulagée de réussir à maintenir les pensées de Manon éloignées du sujet Camille. Une fois arrivée à destination, l'enfant se concentra sur la mise en place des flotteurs à l'intérieur de sa tenue de bain. Elle se présenta fièrement, ses carrés de mousse dans chaque main, devant une Louisa qui luttait pour garder son sérieux.

— Papa y m'a dit qu'il faut d'abord les mouiller avant de les mettre, parce que sinon ça gratte.

Louisa entraîna sa nièce vers la douche. Puis l'aida à compléter son équipement.

— Il est superbe ce maillot.

— Il s'appelle Arssimède. Ze peux nazer dans le grand bassin avec car ze peux pas couler.

— On va aller voir le maître nageur pour le prévenir qu'il a une championne dans sa piscine.

La gosse acquiesça heureuse comme une princesse à qui l'on aurait offert une nouvelle robe de bal.

Plus tard dans l'après-midi, c'est devant un pain au lait et un chocolat chaud que la petite fille revint à la charge.

— Pourquoi t'es pas partie en vacances ?

— Quand maman s'est cassé la cheville, j'ai préféré rester pour être avec vous.

— C'est pour ça que tu es venue nous sersser sez mamie et papi. Heureusement que Cami' elle nous a trouvés.

— On a eu de la chance en effet. Il est bon ton goûter ? poursuivit Louisa qui ne souhaitait pas que l'enfant lui pose une question piège sur la nature de sa relation avec leur sauveuse.

— Voui, mais le socolat il est un peu so. Tu vas partir en vacances avec Cami' après ?

— Je ne sais pas chérie, on verra.

— Moi ze l'aime Cami'.

Louisa regardait sa nièce, perplexe. Elle comprit qu'elle allait avoir des difficultés à éviter un nouvel assaut verbal.

— À l'école, mon copain Lulu et ben il a deux mamans.

Louisa reposa dans son assiette le macaron à la pistache qu'elle venait de prendre. Elle n'avait pas encore abordé les différents aspects de sa vie privée avec Manon. En accord avec sa sœur et son beau-frère, il avait été prévu qu'ils répondraient le moment venu, aux éventuelles questions des enfants. Compte tenu de sa jeunesse, Manon avait peu connu sa précédente compagne dont elle était séparée depuis environ deux ans. La perspicacité de l'enfant ne l'étonna pas pour autant. Elle n'eut pas le temps de prendre la suite du court monologue, Manon l'avait déjà devancée.

— Des fois, elles viennent à l'école le serrer. Elles se tiennent par la main comme des amoureuses. Lulu il m'a dit qu'elles se font des bisous sur la bousse et qu'elles dorment ensemble, comme toi et Cami' le soir où elle est restée à ta maison. Lulu il a un papa qui vit avec un autre monsieur. Il va sé eux aussi. Sa famille à Lulu c'est pas comme nous, mais c'est pareil.

Tout était dit. Louisa trouva une saveur particulière à la pistache du macaron, une indicible douceur, un goût inoubliable.

Le réveil indiquait 23 h 36, elle se débarrassa de son oreiller et s'endormit paisiblement sur le souvenir de l'odeur de la peau de Camille.

***

Camille se réveilla en sursaut, empêtrée dans le souvenir du cauchemar qu'elle venait de faire. Elle s'assit au milieu de son lit, hagarde. Pourquoi se remémorait-elle de s'être emmêlé les pinceaux dans son dernier dialogue avec Louisa ? Hésitation, fuite, les deux mots imprégnaient de leur sens les images de chute dans un trou noir qu'elle venait de vivre. « Mon subconscient m'alerte », songea-t-elle incertaine de son intuition. Pourquoi ne pas avoir parlé de Madeleine à Louisa ? Ce n'était pourtant pas si compliqué d'évoquer une femme avec qui L'on avait vécu une histoire dans le passé.

— *Oui. Non. Ne sait pas. Cochez la case !*

— C'est trop tôt !

Elle ne pouvait pas appeler Louisa, le radio-réveil affichait 02 h 33. Elle dormait. Camille souhaita de tout son cœur qu'elle au moins faisait de beaux rêves. Demain... Tout à l'heure elles s'entendraient. Après... Après il y aurait Madeleine. Le rendez-vous avec Madeleine.

— *C'est quoi ton problème ?*

Camille se massa les cervicales et avala une gorgée d'eau fade. Elle se sentait à la veille d'un examen, lorsque l'on a l'impression d'avoir oublié tout ce que l'on a appris.

***

L'ambiance calme et feutrée du restaurant contrastait avec le brouhaha de l'avenue. Camille et Madeleine s'étaient retrouvées, comme convenu la veille, dans cet endroit qu'elles n'avaient jamais partagé. Au fil de la conversation, de coupe de champagne agrémentée foie gras en verre de vin accompagnant un poisson, le terrain neutre du départ devint davantage familier.

— En fait, je ne suis pas à Paris que pour régler des paperasses familiales, d'ailleurs, j'aurais très bien pu le faire à distance.

Camille regardait Madeleine ne sachant pas de quelle façon traduire ce qu'elle entendait.

— Pourquoi es-tu revenue alors ?

Camille fut surprise du calme avec lequel elle avait enfin réussi à formuler la question qui la taraudait depuis sa dernière rencontre avec Madeleine.

— Pour toi.

Camille frissonna. Madeleine venait de poser sa main sur la sienne.

— Je dois te surprendre ?

— *Qu'est-ce que je peux répondre à ça !* hurla Off en écho à la panique qui montait dans le cœur de Camille.

— En effet, articula-t-elle péniblement.

Madeleine augmenta la pression de sa paume, obligeant Camille à produire un effort surhumain pour ne pas se retirer du brûlant contact.

— Je sais que je ne peux rien effacer du passé. Je veux dire, des moments qui ont précédé mon départ... et de ceux que tu as pu vivre... après... Oh, Camille, comme tu m'as manqué.

Malgré la raideur de sa concentration, Camille perçut en écho, le son de la voix brisée par l'émotion. Dans les yeux de Madeleine, venait de se lever une folle tempête. Tout ce que la raison lui interdisait d'avouer, elle semblait prête à l'admettre, sur un seul geste d'acquiescement. La salle devint sombre et silencieuse. Une chape de plomb tomba sur les épaules de Camille. Son esprit se vida de toute énergie lorsqu'elle comprit enfin les derniers mots de Madeleine, murmurés dans un souffle.

— ... Je n'ai jamais cessé de t'aimer.

Le temps s'arrêta. Camille sentait son corps flotter au-dessus de la scène. Incapable de réagir, elle assistait impuissante aux effets que provoquait l'aveu qui venait de lui être fait.

— *Dis quelque chose,* répétait une voix lointaine déformée par le brouillard.

Elle retira sa main de l'étau qui la retenait prisonnière, et se servit un verre d'eau tout en se forçant de ne pas trembler. Le liquide descendit au ralenti le long de son œsophage.

— *Respire, respire.*

— Madeleine... Moi aussi, il m'a fallu du temps... Pour apprendre à être sans toi. Je ne t'en veux pas. Tu as suivi le chemin sur lequel ton choix te guidait. C'est le passé...

— Je suis venue pour te parler du présent.

Madeleine attrapa au vol la main qui se tendait cette fois vers un verre de vin. Camille ne se dégagea pas et plongea son regard dans celui de Madeleine.

— Qu'est-ce que tu veux savoir ? Si je t'ai attendue ? Oui, malgré moi, oui... Je t'ai longtemps espérée.

— Et aujourd'hui ?

Camille ne sut pas quoi répliquer à la question. Elle attaqua la glace vanille des profiteroles qui était en train de se noyer dans la tiédeur du chocolat, et cacha son trouble dans le moelleux d'un chou parfumé à la fleur d'oranger.

— *Je suis là devant toi, je te regarde, je te vois... Que me demandes-tu ? Tu reviens de je ne sais où. Tu me rejoins pour me dire que tu m'aimes, après toutes ces années...*

— Je ne sais pas. Tout cela est si soudain. Il me faut du temps...

Disparaître du décor, tel était le désir qui venait de s'emparer de Camille, s'évaporer dans les volutes du café dans lequel Madeleine faisait tourner une cuillère argentée. Un trait de lumière se fixa au métal avant que celui-ci ne bascule dans la sous-tasse de porcelaine blanche. Camille reçut le regard de Madeleine comme on capte une promesse d'avenir.

Le pavé parisien brillait des restes de l'averse tombée dans la soirée. Madeleine étant arrivée au restaurant en métro, Camille proposa de la conduire jusqu'à son hôtel. L'heure tardive rendait la circulation fluide et elle furent rapidement à proximité de la bâtisse dans laquelle la voyageuse en provenance des États-Unis, avait une chambre, louée pour une semaine. Le trajet silencieux contrastait avec le mélange bruyant des pensées de Camille. Elle gara son véhicule non loin de l'entrée, sans couper le contact. La pluie se remit à tomber, brutale, noyant le pare-brise d'un flot continu. C'est à cet instant que le portable de Camille vibra à sa ceinture. Cela ne pouvait être que Louisa qui cherchait à la joindre. Louisa qui ne pouvait pas savoir où se trouvait sa dame de cœur, vu que celle-ci ne l'avait pas informée sur la teneur de sa soirée. Camille laissa à la messagerie le soin de recueillir l'appel. L'eau continuait de dégouliner sur la carrosserie. Madeleine semblait concentrée dans la contemplation d'une rivière courant entre les deux essuie-glaces, elle parla la première.

— C'est un véritable déluge...

— Heureusement, ma voiture est parfaitement étanche.

— Insubmersible ? ... Comme toi ?

— Que veux-tu dire par là ?

— Camille, tu ne me facilites pas la tâche.

— Je ne saisis pas.

— Dis plutôt que tu ne veux pas comprendre.

Madeleine, tournée vers la conductrice immobile, la dévisageait avec insistance. Elle s'approcha, et son buste franchit la barrière de l'accoudoir, avant qu'elle n'enlace les épaules d'une Camille abasourdie. La douce étreinte diffusa une inattendue chaleur sur sa peau. Combien de fois avait-elle pensé à ces impossibles retrouvailles en implorant le hasard de remettre Madeleine sur sa route ? Elle était ici et maintenant, dans ses bras, tout contre, enveloppée de son parfum et de cette inoubliable connivence. Son corps pouvait s'abandonner. Contre toute attente, l'incroyable alchimie qui prélude au désir ne se manifesta pas. Camille ressentit, avant de le déchiffrer, le message que son cerveau venait de relayer à son cœur. Elle n'aimait plus Madeleine. Il avait fallu qu'elle lutte contre un fantôme durant trois longues années, pour se rendre compte qu'il ne s'agissait que d'une illusion face à son refus d'accepter de vivre et de tourner la page. Elle se dégagea de l'étreinte que Madeleine prolongeait dangereusement vers la tentation d'un baiser.

— Tu as prévu de rester à Paris ? demanda-t-elle d'une voix sourde.

Madeleine desserra son accolade. Elle était devenue pâle, et Camille eut peur un instant qu'elle ne fasse un malaise.

— Cela dépend de toi.

Camille soupira, comme s'il lui était douloureux d'évoquer avec simplicité la réalité sans blesser son ancienne amante.

— Je suis amoureuse. Elle s'appelle Louisa, fut tout ce que Camille put répondre à l'annonce de Madeleine.

Le silence s'installa, fracassant la frêle passerelle tendue entre les deux femmes. Madeleine ajusta son foulard de soie jaune, tout en passant une main lasse dans ses cheveux. Elle affronta avec une dignité apparente l'inflexible refus qui venait d'être opposé à sa tentative de retour.

— C'était une des deux éventualités... En te revoyant hier, l'idée m'a effleurée, sans que je ne puisse me résigner à l'admettre. Pardonne-moi.

Il ne fut pas question de boire un dernier verre. Camille ne raccompagna pas Madeleine à sa chambre, et aucun rendez-vous ne fut convenu pour le lendemain. Madeleine prenait l'avion pour Montréal sous huitaine, avec un billet échangeable au cas où le cœur de Camille lui aurait avoué sa disponibilité. Pour le restant de cette vie, elles resteraient deux femmes qui s'étaient aimées.

La silhouette de Madeleine avait disparu depuis de nombreuses minutes sous un porche de pierre, lorsque

Camille quitta la rue des Écoles pour s'engager en direction du génie de la Bastille. Quelques secondes plus tôt, la voix ensommeillée et inquiète de Louisa avait accepté sa visite impromptue. Elle connaissait désormais le code, mais ne possédait pas les clés. La porte s'ouvrit, dévoilant le beau visage soucieux de Louisa. Camille se jeta dans les bras tendus sans prendre le temps de quitter son coupe-vent trempé.

— Que se passe-t-il ? demanda Louisa, que le baiser passionné qu'elles venaient d'échanger n'avait pas rassuré.

Comme si cette anodine question représentait le sésame pour ouvrir les vannes de tous les non-dits, les larmes se mirent à affluer dans les yeux de Camille.

— Il faut que je te parle, répondit-elle en enfouissant ses paupières brûlantes dans le cou de Louisa.

— D'accord. Tu vas me raconter. Pour commencer, tu vas te débarrasser de toute cette humidité avant que nous ne soyons noyées toutes les deux.

Camille obtempéra en reniflant, avant de se laisser entraîner vers la salle de bains.

— Ça va aller ma douce ? demanda Louisa avec calme.

Camille fit signe que oui, ça pouvait le faire. Elle se déshabilla sans un mot avant de plonger sous la douche.

— Je t'ai sorti une serviette. Elle est posée sur le radiateur. Il y a du jus de pamplemousse et de l'eau dans la cuisine. Je remonte sous la couette et je t'attends au sec.

Camille n'eut pas besoin de se persuader qu'elle avait rencontré une femme merveilleuse, c'était une certitude. Elle laissa l'eau tiède remplacer le souvenir de la giboulée qu'elle venait de subir, avant de s'enrouler dans le drap de bain parfumé et de rejoindre la délicieuse quiétude de la chambre perchée. Louisa l'attendait, tout en feuilletant d'un air distrait les pages d'un magazine de bandes dessinées. Elle sortit l'un de ses tee-shirts sans forme, du dessous de la couette.

— Tout chaud ! annonça-t-elle d'un air triomphant.

Camille se glissa dans le lit avant de venir se blottir contre le corps de sa dulcinée.

— Que t'arrive-t-il, ma chérie ?

— Ce soir, j'ai revu Madeleine. Je ne t'ai pas encore parlé d'elle. C'est la femme que j'ai le plus aimée...

— Oui, certes, mais c'était avant que tu me connaisses... Hum...

La voix de Louisa était appaisante, et ses mots dénués de sous-entendus désobligeants. Camille sentit qu'elle voulait juste lui exprimer sa sollicitude. Elle poursuivit son récit une heure durant, n'omettant rien de ses doutes ou de ces incertitudes passées. Louisa écoutait, ponctuant les phrases d'une caresse ou d'une approbation.

— Forcément, ça m'a fait drôle que l'on se retrouve face à face... Alors quand elle m'a prise dans ses bras...

Camille perçut dans le geste suspendu de Louisa une légère crispation. Elle se redressa pour faire face au visage interrogateur.

— J'ai su que cette histoire s'achevait. Je ne voulais pas lui faire de peine, tu comprends... Je lui ai dit que j'étais amoureuse... de Louisa... de toi... et que... enfin voilà. Elle est partie. Je crois que l'on ne se verra plus.

— Comment te sens-tu ?

— Épuisée, et vidée.

— Mais encore ?

— Heureuse d'être ici avec toi.

Louisa se pencha vers le visage grave de Camille avant de déposer un baiser sur ses lèvres.

— Je te remercie de ta confiance. Il n'y a pas de honte à parler du passé. Vous avez vécu une belle histoire. Le principal, c'est que tu saches où tu en es par rapport à elle. Ce que tu viens de m'expliquer, me paraît clair et sans ambiguïté.

Camille frissonna. Elle se lova contre Louisa, et elles coulèrent dans la chaleur de la couette jambes et bras emmêlés. L'heure n'était pas aux étreintes passionnées. Seules comptaient les ondes de bonheur diffusées par le fait d'être ensemble.

Il suffit d'aller au delà

À l'inverse de la France, l'été semblait installé ici depuis de nombreux mois. Camille s'étira avant de se décider à mettre un pied par terre, et à entamer cette journée de juin. Les pales du ventilateur accroché au plafond brassaient un air aux parfums d'herbes sèches, origan et thym, mélangés aux effluves en provenance de la mer. Elle tourna la tête en direction du corps nu se dessinant sous le blanc du drap. Son aimée reposait, la tête noyée dans ses longs cheveux bouclés. Le souffle régulier trahissait un sommeil profond. Camille passa short et débardeur, prit ses sandales et sortit sans bruit de la chambre. Elle voulait profiter, une fois encore en solitaire, de la quiétude matinale du petit port, avant de la partager avec celle qui l'accompagnait. Le soleil n'était pas trop chaud, ses rayons partis à l'assaut de la colline, commençaient à envahir les ruelles tortueuses de la citée médiévale de Molyvos. Le drapeau bleu et blanc flottait haut sur la tour du château génois. Camille croisa des visages chaleureux et amicaux et, après plusieurs *kaliméra* d'usage, elle se retrouva sur la digue de l'autre côté du port, face à la baie de carte postale. Elle s'assit sur l'un des gros rochers briseurs de lames et posa son regard attendri sur l'une des maisons de pierres aux teintes vertes, roses et grises. Quatre chambres face à l'anse majestueuse, dont trois avec balcons, la fierté de Michaelis, le propriétaire et ami. Les volets de bois peints en marron foncé, pour respecter l'architecture des lieux. Ici, point de maisons blanches assorties de toits turquoise propres aux Cyclades. Mytilène, l'île de cœur, Mytilène, l'île du bonheur. Camille fixa son attention sur la chambre du milieu. Ce n'était pas un rêve, la fenêtre allait s'ouvrir et elle apparaîtrait.

— Je l'aime, dit-elle avec émotion. Je dois lui en parler. Je peux tout avouer parce qu'elle est là avec moi.

Camille refit le chemin en sens inverse, la tête envahie des élans amoureux de leur première nuit passée ici.

Le soleil commençait à filtrer au travers des rideaux de toile fine et le corps de son amante avait changé de position.

— J'ai cru un instant que tu m'avais abandonnée, murmura une voix en provenance de l'oreiller.

Camille s'avança vers la porte-fenêtre en faisant mine d'ignorer le reproche.

— Es-tu prête pour le spectacle ? demanda-t-elle en tournant la poignée.

— Je suis disposée à tout avec toi. Surtout si, après t'être occupée de mettre de la clarté dans cet endroit, tu reviens près de moi.

La brise marine pénétra dans la pièce en même temps qu'un flot de lumière.

— Regarde là-bas, dit Camille en pointant un doigt vers l'horizon, la montagne... On distingue la forme d'un corps de femme allongée, avec le ventre légèrement arrondi, un sein...

— Ce que je vois pour l'instant, c'est un véritable corps de femme, étendu qui se languit de toi.

Camille se tourna vers le visage au sourire tendre et malicieux.

— Louisa... Je t'aime.

— Moi aussi je t'aime, ma Camille... Je me doutais qu'il fallait que nous venions jusqu'ici pour que tu te décides à me faire cet aveu.

— Tu lis en moi comme dans un livre ouvert.

— Je n'ai pas cette prétention. Par contre, je crois en l'amour et ce lien qui nous unit y ressemble.

— Tu as raison. Penses-tu que nous pouvons réussir ?

— Je ne comprends peut-être pas le sens de ta question... Un jour, je t'ai demandé si tu croyais aux rencontres et tu m'as dit que oui. Je dirais que la réponse est là.

Le visage de Camille était grave, son esprit concentré sur le contenu des phrases de Louisa. La cloche de la chapelle, bâtie en contrebas, se mit à teinter. Un chant religieux aux paroles incompréhensibles s'éleva dans la quiétude de l'instant. Louisa se colla contre Camille restée assise au bord du lit. Une hirondelle plongea du toit et vint se poser sur la rambarde en fer forgé, tandis que deux mouettes à tête noire se lançaient à la poursuite du vent en éternuant des *creu-creu* de joie.

— *Tu nous fais une fable de La Fontaine ou quoi ?* se moqua Off, le regard perdu dans le bleu du ciel.

Camille se mit à sourire devant la simplicité de la vie et se pencha vers Louisa pour l'embrasser.

— Que dirais-tu d'un copieux petit déjeuner ?

— Humm... Je répondrais que j'ai l'impression que je vais adorer être sur cette île avec toi.

— Et ailleurs ?

— Fais attention, tu risques de ne plus pouvoir te débarrasser de moi.

— C'est tout à fait dans mes intentions, répondit Camille en se pressant contre le corps alangui de sa chérie.

— *Et si on disait qu'on repousserait les tartines à plus tard,* proposa Off, une idée coquine en tête.

La première semaine s'écoula au rythme de balades sur les routes et pistes du nord-ouest de l'île. Louisa découvrait avec une joie simple et candide les merveilles de la nature que son amoureuse lui livrait chaque jour. Camille, quant à elle, posait un regard neuf sur des lieux familiers qu'elle pouvait désormais partager avec cette femme à ses cotés. Les siestes à l'ombre des tamaris ou dans la fraîcheur de la chambre permettaient tantôt le repos, tantôt l'assouvissement de désirs survenant à l'improviste, au détour d'un regard ou d'un sourire échangés.

Le soleil descendait sur la ligne marine de l'horizon, emplissant le port de Molyvos d'une délicieuse lumière de fin de journée. Louisa avait demandé à Camille s'il était possible de franchir les rochers de la digue pour admirer le spectacle, et Camille, heureuse de l'idée, s'était empressée de lui confirmer l'existence d'un passage, suivi d'un chemin escarpé menant à une crique rocheuse à l'eau cristalline. Elles s'étaient retrouvées assises côte à côte sur les rondeurs d'un caillou affleurant l'eau, à regarder le prodige quotidien de ce disque orangé strié de volutes violines, se glissant dans la masse compacte des flots. Camille avait attendu le moment propice pour une déclaration, la mer Égée le lui servait sur un plateau ambré. Elle sentait dans la poche de son bermuda les contours rectilignes de l'objet qu'elle destinait à Louisa. Elle avait craint un instant que celle-ci ne le découvre, caché entre deux tee-shirts et ne lui demande ce que renfermait l'emballage reconnaissable entre tous. Son secret conservé jusqu'à cette soirée, Camille se concentrait sur la façon dont elle allait pouvoir l'annoncer à Louisa.

— *Trop romantale et sentimentique,* chantonna Off en sourdine.

— Aurais-tu quelque chose à me dire ? demanda Louisa en délaissant la sphère encore brillante pour planter ses yeux dans ceux de Camille.

— Oui, rétorqua celle-ci en tendant un paquet emballé de papier crème.

Louisa se saisit du présent tout en gardant son regard accroché à celui de son amie, puis elle mit la main dans la poche avant de sa salopette pour en extirper un sachet de velours bleu marine. Le disque solaire stoppa sa lente chute et resta suspendu en l'air, dans l'attente de la poursuite d'un événement à la fois intimes et universels. Camille regardait incrédule le morceau de tissu, ses extrémités relevées tel un balluchon, et maintenues enserrées par un ruban de soie verte.

— Serions-nous en train d'échanger nos vœux ? questionna Louisa d'une voix suave à peine couverte par le clapotis des vagues.

— Ça m'a tout l'air d'y ressembler, répondit Camille songeuse, tout en soupesant l'étoffe au creux de sa main.

Un ultime rayon de soleil se noya dans le feu de la mer laissant dans le ciel une teinte de forge incandescente. Camille n'osait plus un mot, ni un geste, prisonnière de son émoi. Louisa se décida, à son grand soulagement, à s'occuper de son cadeau, découvrant ainsi le carré d'une boîte vermillon. Elle leva un visage bouleversé en direction de Camille.

— Dois-je croire ce que j'imagine ?

Elle ouvrit le couvercle avec précaution, se saisit des anneaux entrelacés et les passa à l'annulaire gauche dont Camille avait remarqué depuis plusieurs semaines, qu'il ne portait plus la trace du précédant bijoux l'ayant orné.

— Ils sont superbes ! déclara Louisa en levant la main vers le couchant.

— *Ouf c'est la bonne dimension,* répliqua Off en s'épongeant le front.

— Ils te plaisent ?

— Tu me plais, ils me plaisent, nous nous plaisons, je t'aime…

Louisa embrassa Camille avec fougue avant de lui lancer un « à toi maintenant » sur le ton du défi, comme si elle venait de réussir une insurmontable épreuve et qu'elle exhortait son amante à en faire autant. Camille tremblait, et elle sentait que son trouble menaçait de se transformer en une inéluctable poussée de larmes.

— *Ne me dis pas que tu vas craquer ! Ce n'est qu'une petite bouclette de rien du tout à défaire,* tenta Off, sentant la panique l'envahir.

Camille déglutit et se lança dans le tortueux exercice. Le ruban allait résister, c'était obligé. Plusieurs tentatives eurent pour effet de transformer l'inoffensif bolduc en un joli nœud à étages. N'y tenant plus, Camille dû se résoudre à arracher le lien avec les dents devant une Louisa pliée de rire.

— *Ma pauvre fille…* se lamenta Off, devant la remarquable prestation de Camille.

Enfin, le tissu s'écarta dans la paume ouverte de Camille, laissant apparaître un carré de papier cotonneux dans lequel était enveloppée une alliance. Camille prit le bijou pour le regarder de plus près. L'anneau d'or jaune était orné d'un diamant posé au centre d'une partie en or blanc. Louisa aida Camille à le passer à son doigt.

— On a eu de la chance pour la taille, fut tout ce que celle-ci parvint à formuler.

— *Mortelle ta réplique,* rajouta Off.

— Je ne sais pas quoi dire, continua Camille en guise de conclusion.

— Laissons les mots en dedans. Nous verrons plus tard…

Louisa venait de saisir le visage de Camille entre ses mains. L'odeur de son parfum se mélangeait aux senteurs marines et d'herbes séchées. Le lent baiser qu'elles échangèrent scella le pacte qu'elles venaient de conclure.

À quelques encablures du rivage, une barque de pêche glissait sur une mer encore éclairée des ultimes feux du couchant. Son passage créa une houle qui ramena les deux femmes à la réalité du lieu dans lequel elles se trouvaient. Leur rocher fut submergé par une courte lame qui eut pour effet de les tremper jusqu'à la taille. L'onde suivante acheva le tableau en les faisant glisser sur un banc de sable humide. L'éclat de rire qui s'en suivit fut à la hauteur de la tension qui avait précédé cet épisode inattendu.

— Il ne nous reste qu'à aller nous changer avant le dîner. Il va falloir retraverser le port.

Tout en parlant, Camille regardait Louisa qui venait de décider que le plus simple pour essorer son pantalon était de l'enlever.

— Au moins, je n'ai pas mouillé ma culotte.

Elle souriait d'un air entendu, et Camille comprit que la teinte claire aperçue sous le débardeur correspondait à la marque du maillot et non pas à la présence de tissu. Elle regretta la proximité des tavernes locales et enchaîna en bafouillant sur une envie de boisson fraîche en prélude à leur repas du soir.

Le patron de la *Vangelis Fish Tavern* regarda passer les deux Françaises tout en leur adressant un large sourire, et lorsqu'elles se présentèrent dix minutes plus tard, il les convia à s'asseoir à l'une de ses tables.

— *Yassas coritzia,* je vous sers un pichet de vin frais, c'est meilleur que l'eau salée à cette heure de la journée ! tonna-t-il de sa grosse voix de parrain grec.

— Je crois que notre périple n'est pas passé inaperçu, dit Louisa en fixant ses fesses dans la paille tressée d'une chaise en bois.

— On risque d'en entendre parler.

— J'avais oublié que tu es connue dans le coin.

— C'est pas grave, ça leur fera une histoire de plus à raconter.

Camille tenait sa main gauche posée à plat sur la nappe en papier blanche et bleue. Son regard allait et venait, des yeux de Louisa à la bague ornant son annulaire.

— C'est important n'est-ce pas ?

Louisa souriait.

— On dirait que nous marquons le cap. Ce voyage ici est dans la continuité d'un certain dialogue entamé lors de cette nuit passée sur l'autoroute. Nous avions parlé de la Grèce...

— ... Et je t'avais pris la tête avec mes histoires de Mytilène.

— Au contraire ! Je m'étais promis d'y aller. Toutefois, je n'imaginais déjà pas le faire sans toi.

— Tu plaisantes !

Camille savait que Louisa ne mentait pas. Avec elle, tout devenait incontestable, élémentaire, à l'image de leurs deux mains enlacées. Une carafe de rétzina arriva et trébucha sur la table, répandant un filet de liquide frais sur la peau hâlée des deux femmes.

— *Sorrrrry...* S'excusa Vangelis en roulant les r et transformant ainsi le mot anglais en un festival de tambours.

Il ramena une assiette de mezzés pour se faire pardonner, et conseilla un plat de poissons grillés pêchés du matin en guise de plat principal avant de s'éclipser en direction de potentiels convives.

Le port restait calme, et l'arrivée progressive de touristes ne parvenait pas à troubler la tranquillité des lieux. Camille et Louisa pouvaient profiter de cet arrêt virtuel du temps qui passe. Lors de cette soirée, il fut question du présent, le futur se limitant aux perspectives qu'offraient les journées à venir. Leur repas terminé, elles optèrent pour une balade digestive au clair de lune. Les lumières des échoppes commençaient à s'éteindre les unes après les autres, et les derniers occupants quittaient l'endroit. L'eau clapotait en contrebas des rochers, tandis que le portique du phare supportait le clignotement rouge indiquant les limites de l'accès à la modeste rade. Camille et Louisa, assises sur un mur, contemplaient, dans une exquise béatitude, les reflets argentés de l'astre nocturne sur la mer sombre.

— Après un coucher de soleil, on a droit à un lever de lune, dit Louisa en posant sa tête contre l'épaule de son amie. C'est magnifique. Comment est-t-il possible de vivre ailleurs qu'ici ?

— Il est peut-être envisageable de vivre... autre part... ... ensemble...

— *Alors là tu m'en bouches un coin !* souffla Off, tout en envisageant de battre illico le record mondial *no limits* en apnée.

La musique *lounge* d'un bar de nuit, portée par la brise, arriva jusqu'au bout de la jetée, et atteignit la conscience attentive du couple.

— On danse ? demanda Louisa en invitant Camille à la suivre sur la minuscule esplanade.

Celle-ci marqua un temps d'hésitation. Louisa n'avait pas répondu à la question à peine voilée. Off regardait désespérément au-dessus de sa tête dans l'espoir d'un trait de lumière qui la ramènerait vers la surface.

— Au point où nous en sommes, je ne vois pas ce qui pourrait nous empêcher de tenter l'expérience. Je suis un peu chiante, mais je fais très bien la cuisine, continua Louisa en prenant Camille dans ses bras.

— *Il n'y a pas que dans cette matière où tu excelles,* rajouta Off revenue des profondeurs.

— Dansons, conclut Camille en se laissant aller au plaisir de l'étreinte.

Épilogue

Camille se réveilla en sursaut. Elle regarda autour d'elle et constata comme une évidence que rien ne s'était passé depuis qu'elle avait fermé les yeux. Il faisait toujours nuit, une nuit claire et chaude, emplie d'odeurs exquises et des rondeurs de la lune éclairant le calme serein de la baie endormie.

Un grand merci à Geneviève
pour la « mise en bornes ».

L'écriture de ce livre m'a donné envie de réaliser des illustrations qui en commenteraient les chapitres. J'ai choisi la symbolique des cartes du tarot de Marseille en légende à chaque paragraphe.

Un jeu de cartes du tarot de Marseille est composé de 22 lames dites *majeures* et de 72 lames dites *mineures.*

Pour cet exercice, je me suis inspirée de la métaphore de 12 des lames majeures. Mon objectif n'était pas de réaliser un tirage classique, d'ailleurs la traduction que je propose reste subjective et n'a qu'un but, celui d'utiliser chaque carte comme un chaînon liant les chapitres les uns aux autres.

Les tarots sont en quelque sorte les panneaux indicateurs que l'on trouve sur nos routes. Le libre arbitre est le moteur qui nous pousse à suivre l'un ou l'autre des chemins.

Aller retour

Lame n° 20, *Le Jugement :* il s'agit du réveil de la conscience de Camille par rapport à l'évolution de sa vie.

Km 153 à km 27

Lame n° 2, *La Papesse :* cette carte exprime la dualité, la réflexion, le bilan et le retour sur soi.

Km 27 à km 25

Lame n° 9, *L'Ermite :* visite l'intérieur de la terre, en cherchant tu trouveras la pierre. Autrement dit, c'est au fond de soi que se trouvent les réponses aux questions que l'on se pose.

Km 25 à km 24

Lame n° 18, *La Lune :* il n'est pas facile de se repérer la nuit et la seule solution est d'avoir la lumière intérieure, véritable guide. Sans cela l'angoisse est partout. C'est la nuit que le conflit avec soi-même est le plus intense à cause du retour possible des passions endormies.

Km 24

Lame n° 13, *L'Arcane sans nom :* aussi appelée *La Mort*, cette lame annonce une transformation importante sur le plan du destin. Un changement.

Km 24 à km 7

Lame n° 17, *L'Étoile :* il n'est d'espoir qu'à l'ombre d'un grand rêve...

Km 7 à fin du trajet

Lame n° 8, *La Justice :* à chacun ce qui lui est dû.

Retrouvailles

Lame n° 1, *Le Bateleur :* représente le début, le commencement, la mise en place d'une action.

Paris, bords de Seine

Lame n° 22, *Le Mat* (parfois cette lame ne porte pas de numéro) : c'est le quitte ou double qui peut faire pencher une situation dans un sens ou dans son contraire.

Tours de manège

Lame n° 10, *La Roue de la Fortune :* le bon chemin est celui qui monte un peu plus que les autres.

L'heure du choix

Lame n° 6, *L'Amoureux :* une décision est à prendre.

Il suffit d'aller au-delà

Lame n° 21, *Le Monde :* marque la réalisation, l'accomplissement d'un rêve.

Dans la même collection

Anne Alexandre

La Table du mort, une enquête de Pauline Vogel

Pas facile d'être avocate, quand on prend son métier à cœur, Pauline ne le sait que trop. Ainsi, quand une ex-amante lui fait une déclaration alors qu'elle vient juste d'hériter d'un client accusé de meurtre et que de surcroît la juge qui instruit l'affaire s'avère bien séduisante, elle a de quoi se sentir perturbée.
Mais restons calme, le plus urgent va être de sortir le pauvre Simon de sa cellule et de prouver que ce jeune marginal n'est pas l'assassin de son oncle, propriétaire d'un célèbre restaurant de Clermont-Ferrand.

ISBN : 2-913066-16-X

Anne Alexandre & Cécile Dumas

Maux croisés

Abandonnée dans sa prison où elle purge une longue peine, Agathe se morfond. Sans illusions, mais avec quand même un peu d'espoir, elle passe une annonce pour s'évader à travers la correspondance. Parmi les rares réponses, celle de Sonia.
L'histoire peut commencer.

ISBN : 2-913066-18-6

Cécile Bailly

Malice

Victime d'une passion naissante pour la mystérieuse Barbara, Alice, amoureuse, déprimée, coquine, passionnée, jalouse ou drôle, se cherche sous l'œil critique et amusé de ses amis.
Plongé dans l'univers enfumé, décalé et voyageur de Cécile Bailly, le lecteur suit les tribulations d'Alice au fil d'une écriture vive et réaliste, sur les chemins de traverses d'un été où les rencontres ébranlent les certitudes.

ISBN : 2-913066-01-1

Émois, et moi

« J'ai fait l'amour avec une fille... »
Le jour où Nadia fait cet aveu à Kodo, leur amitié prend une direction qu'aucune des deux n'avait envisagée. De l'adolescence à l'âge adulte, au gré de l'apprentissage de l'amour, de la sexualité et de la vie, un ambigu chassé-croisé s'installe.
Quelle en sera l'issue ?

ISBN : 2-913066-04-6

Une saison morte

Seule après le décès de son père, K se heurte à l'implacable réalité du quotidien. Refusant les compromis, c'est auprès des femmes qui croisent sa route qu'elle cherche à apaiser sa révolte. Mais entre amour et amitié, K oscille, son corps vacille. Qui de H ou de Lilas parviendra à interrompre son errance ?

ISBN : 2-913066-10-0

Chassés-croisés au 37, une enquête de Sen-Yin Nô

À Besançon, en ce dimanche de mars, on vient de retrouver morte une jeune écrivain, Iris Malher.

Alors qu'elle pensait passer une journée tranquille auprès de sa compagne, le commandant Sen-Yin Nô est appelée sur les lieux.

Rapidement, constatations et interrogatoires d'usage vont s'enchaîner et mettre en évidence les jalousies au sein du paysage artistique local.

Les mobiles et les suspicions vont s'accumuler. Une amante éconduite, une troupe théâtrale au succès grandissant, une histoire de drogue... À Sen-Yin Nô d'apporter les réponses aux questions rituelles dans ces circonstances : qui ? et pourquoi ?

ISBN : 2-913066-20-8

Véronique Bréger

Champ, contrechamp

Deux femmes, deux univers, deux vies...

Mais un jour de pluie, sous les auspices d'une héroïne de BD au décolleté ravageur, les chemins se croisent. Quelques bulles plus loin, à l'heure de l'apéritif, Eva, la collectionneuse d'aventures, est charmée. Mathilde, dont la vie prend justement un tournant inattendu, est ravie d'avoir passé un si bon moment.

De concert, mais sans se concerter, Eva et Mathilde vont réorganiser leur quotidien, tandis qu'au fil de leurs tête-à-tête l'évidence de leur attirance deviendra manifeste. Ces deux existences pourraient peut-être alors ne faire plus qu'une seule histoire.

ISBN : 2-913066-17-8

Cécile Dumas

Taille unique

La vie est quelquefois surprenante...

Pour Anita, le chemin semblait bien balisé : un amant prêt à s'engager, un concours à préparer et à la clé, un destin sans surprise. Mais la rencontre avec Michèle, la mère du jeune homme vient fausser la donne.

Les deux femmes vont se découvrir et s'apprécier jusqu'à ce que l'amitié d'Anita cède la place à un sentiment plus troublant. Sera-t-il partagé ?

ISBN : 2-913066-06-2

Terre étrangère

Dès le premier regard entre Clarisse et Marion, tout est dit.
Mais nous sommes à Conakry, au sein d'un microcosme où les Blancs de passage côtoient les expatriés installés. Les deux femmes vont devoir vivre dans un milieu où tout le monde s'observe une histoire où les sentiments exacerbés peuvent ternir un déroulement prévisible. Au bout du compte, ni l'une ni l'autre n'est vraiment sûre de maîtriser le dénouement de cette aventure.

ISBN : 2-913066-11-9

Cy Jung

Once upon a poulette, roman lesbien

Jeanne est une jeune parisienne de 22 ans qui conduit son bus avec nettement plus de talent que sa vie amoureuse : quand un slow dérape jusqu'à l'étreinte impudique, tout est simple mais lorsqu'elle découvre que la troublante Zoé n'habite pas à l'adresse indiquée, l'histoire se complique.
Plongé dans l'univers baroque, ludique et déjanté de ces deux jeunes femmes le lecteur vit leur histoire heure par heure sans qu'aucune prise de tête ni partie de fesse à fesse ne lui soit épargné.

ISBN : 2-913066-00-3

Es ist eine Poulette, roman lesbien

Jeanne et Zoé se sont rencontrées dans des circonstances qui auraient pu leur être fatales. Aujourd'hui, elles mènent leur petit bonhomme de chemin au milieu de leur famille adoptive : une bande de filles délurées en quête d'une chérie pour la vie.
Mais l'amour est décidément chose bien complexe. Le désir et les sentiments de nos deux tourterelles résisteront-ils à l'usure du temps ? Et si on leur faisait confiance…

ISBN : 2-913066-05-4

Cul nu, courts érotiques

Fantasmes, émotions, tendresse...
Que ce soit la visite imprévue d'une voisine ou bien les retrouvailles de deux amies d'enfance, que l'on soit au néolithique ou au XXIe siècle, dans un couvent ou une cabine d'essayage, les mises en scène drôles et coquines se succèdent.
Sam, Céline, Diane, Marinette, Fatou et les autres peuvent alors laisser libre cours à leurs désirs.
Quant à la narratrice, si vous saviez tout ce qu'elle fait !

ISBN : 2-913066-08-9

Hétéro par-ci, homo par le rat

Que se passerait-il si d'un coup de patte maléfique, le destin faisait des homosexuels les maîtres du monde ? Rêvons un peu…
En 2097 Léa a 20 ans. Elle est lesbienne comme toutes les femmes de son temps et mène une existence paisible jusqu'au jour où elle rencontre Louis. Pauvre Léa, obligée de vivre son hétérosexualité en cachette, de se battre contre les idées reçues et la violence hétérophobe… Que va-t-il advenir d'elle, et de Louis ?
Le XXIe siècle saura-t-il faire la place aux amours hétéroclites ?

ISBN : 2-913066-02-X

Karin Kallmaker

Libera me

À 34 ans, Faith songe enfin à quitter le nid familial, mais ses parents, fervents catholiques, ne voient pas cela d'un très bon œil. Même avec un emploi honorable, professeur d'histoire à l'université de Chicago, on ne quitte le toit paternel que pour se marier. De son côté, Sydney s'apprête à se présenter aux élections sénatoriales d'Illinois et fait de son mieux pour avoir une conduite irréprochable.
La rencontre de ces deux femmes va mettre à mal leur tentative de respectabilité, telle qu'on la leur impose. Mais comme toujours, l'amour finira par triompher

ISBN : 2-913066-15-1

Axelle Mallet

Retour de flamme

Pour Tina, tout était bien programmé : d'abord une situation professionnelle, et accessoirement, une vie sentimentale. Ce qui n'était pas prévu, c'est sa rencontre avec Alexandra et leur immédiate attirance. Devant l'inattendu de ses sentiments Tina ne sait comment réagir. Entre le besoin d'afficher son bonheur naissant et celui de ne pas décevoir son entourage, elle est partagée. Aura-t-elle le courage d'affronter le regard des autres ? Vient alors l'heure de la remise en question.

ISBN : 2-913066-13-5

Claire McNab

Antipodes

La rencontre entre Lee, la brillante femme d'affaires et Alex, la jeune déléguée chargée de l'accueillir avait tout pour rester strictement professionnelle, mais peu à peu, l'attirance se fait insidieuse et met à rude épreuve leurs inhibitions et leurs lignes de conduite. Dans le décor paradisiaque des côtes australiennes, la romance paraît alors inévitable.

ISBN : 2-913066-12-7

Martine Mounier

Exit le paradis

Vivre sa vie, voilà le privilège de chacun. Encore faudrait-il savoir comment s'y prendre ! Le jour où Pauline se lance avec désinvolture dans une conversation sur Internet avec Sara, le virtuel s'invite dans son quotidien et le rend de plus en plus pesant. Les vraies priorités, les vrais désirs vont alors se dévoiler.
Le sens de sa vie, peut-être…

ISBN : 2-913066-14-3

Lesléa Newman

Butch/Femme, mode d'emploi

Le moins que l'on puisse dire, c'est que le quotidien de Lesléa n'est pas triste !
Installée à Lesbianville, Massachusetts, elle mène une existence de *femme* auprès de Flash, la *butch* de sa vie, enchaîne les situations ordinaires mais cocasses, réalistes mais incroyables avec autodérision et sincérité. À la fin de ces aventures, le couple *butch/femme* n'aura plus de secrets pour vous !

ISBN : 2-913066-07-0

Corinne Olivier

So

Que faire lorsque vous croisez la femme qui hante vos rêves et qu'elle tombe sous votre charme ? Vous vous laissez séduire. C'est ainsi que Sylvie se retrouve embarquée dans une aventure inattendue aux côtés d'une étrange et belle rousse.
De Manhattan à Provincetown, sur un vieux remorqueur ou en Chevrolet 58, dans les bars du Village ou bien sur la plage, Sylvie n'aura de cesse de découvrir ce que dissimulent les mystères qui entourent l'inconnue. Les deux femmes parviendront-elles à se jouer de la providence ?

ISBN : 2-913066-09-7

Daria Rossi

Changement d'ère

Comme chaque été, Amanda a laissé son époux à son travail et profite du soleil de la Corse avec ses deux jeunes enfants.
Cybil, elle, a quitté Bruxelles, bien décidée à oublier une histoire d'amour finissante.
Un après-midi, sur la plage, leurs chemins se croisent.
La rencontre, d'abord amicale, va rapidement donner naissance à un sentiment plus tendre. Mais bientôt il faut rentrer, l'une en Belgique l'autre à Paris.
Cet amour de vacances survivra-t-il à la distance et aux réalités de la vie ?

ISBN : 2-913066-22-4

Karen X. Tulchinsky

À l'origine

Nomi s'est installée à San Francisco pour vivre avec Sapphire qui décide soudainement d'explorer son hétérosexualité. Rien ne va plus. Quant à sa mère, elle choisit cette période trouble pour se remarier et la réclamer d'urgence à Toronto.
Cette perspective n'enchante pas Nomi. Des retrouvailles inattendues avec son cousin Henry et le charme irrésistible de Julie vont cependant donner à cette escapade canadienne, une tournure imprévue, riche en couleurs et en péripéties.

ISBN : 2-913066-19-4

Elisa Verfloede

Latence

Présente-moi la femme à tes côtes, je te dirai qui tu es !
De Paris à New York, dans les bars, dans les soirées ou par Minitel, l'héroïne enchaîne les rencontres pour une heure, une nuit, ou plus...
Sophie, Mary, Eléonore... autant de femmes que de visages, de corps dans cette course effrénée à la poursuite du bonheur.

ISBN : 2-913066-03-8

Imprimerie France Quercy - 46001 Cahors
N° d'impression : 51116 - Dépôt légal : mai 2005